# La nuit des pur-sang

DU MÊME AUTEUR

*Un coup à prendre*, Au diable vauvert, 2011.
*Ce parfait ciel bleu*, Au diable vauvert, 2012.
*Que ton règne vienne*, JC Lattès, 2014.
*Charles Draper*, JC Lattès, 2016.
*Les Hautes Lumières*, JC Lattès, 2017.
*La Vie sans toi*, JC Lattès, 2019.
*Le petit chat est mort*, Flammarion, 2020.
*Mon garçon*, Flammarion, 2021.
*Toute la famille ensemble*, Flammarion, 2022.

Xavier de Moulins

# La nuit des pur-sang

*roman*

Flammarion

ISBN : 978-2-0802-9802-7

*À Anne-Sophie Pacault,*
*à Emmanuel Cardon,*
*aux cavaliers du matin.*

*Pour mes filles.*

« L'amour, c'est toujours emporter
quelqu'un sur un cheval. »

Jean Giono,
*Le Chant du monde.*

# Première partie

# 0

La fin d'un amour est une mort.
La mort d'un amour est un précipice.

# 1

# Ava

Les gens heureux aiment le samedi. Surtout le matin, quand le jour s'habille et que la maison dort. Le sien a une saveur particulière. Il l'associe à l'espoir, à la naïveté, au printemps, à des retrouvailles sur le quai d'une gare, des départs à l'aube.

Une couleur aussi, bleu. Un bleu de ciel carte postale que l'on envoyait enfant aux grands-parents, ensoleillé, qui panse les plaies et vous éclabousse, donne envie de se baigner dans la mer, d'y croire, d'aller au marché, de prendre son temps, d'observer dehors, d'ouvrir la fenêtre, d'aimer et de se le dire encore, tant pis si, au-dessus des toits de Paris, le ciel est blanc-gris, à mourir.

Alexandre est toujours le premier debout. Ava a joué la veille, parfois loin, dans une autre ville.

Elle n'aime pas dormir à l'hôtel en tournée et préfère, si elle peut, rentrer après un concert.

Elle se déchausse toujours dans l'entrée. Elle avance, silencieuse, dans l'obscurité, oiseau à vision nocturne.

Elle veille encore dans le salon et, dans le noir, allume une cigarette ou reste enfoncée dans le canapé, tournée vers son piano. Elle a besoin de temps quand elle rentre.

Elle entrouvre la porte de leur chambre, attend et chuchote son prénom :

— Alexandre.

À quoi pense-t-elle ? Que se dit-elle en le regardant endormi sur le côté gauche du lit, la tête vers le mur blanc, sur le cœur ?

Il lui arrive de faire semblant et quoi qu'il se passe, quand elle se couche enfin, il se retourne vers elle. C'est animal : même en plein rêve, il ouvre un œil et l'enlace. Il sent sa peau, se colle à son dos, ou passe un bras autour du cou de sa concertiste. Il renifle sa nuque et se rendort en l'emportant avec lui dans la douceur.

Alexandre se réveille tôt. Appuyé sur un bras, il contemple le corps endormi de sa femme. Il dépose un baiser sur le front d'Ava, passe une main dans ses cheveux, et sort de son lit sans un bruit.

Leurs silences différés leur ressemblent.

Il aime l'idée qu'ils se croisent, que leurs mots se retrouvent plus tard au sommet de la matinée.

Il enfile sa tenue dans l'entrée, attrape ses clés et file vers le centre équestre pour une heure de balade en forêt.

Le club hippique est une petite affaire aux portes de Paris, à peine une quinzaine de chevaux. Une poignée est réservée à la compétition ; les autres, la grande majorité, sont des gentils, des faciles, des programmés pour les tours de manège et les excursions simples dans les bois.

Là-bas, c'est son territoire. Alexandre y accompagne et encadre des petits groupes d'enfants. Des anges venus d'ailleurs. Des filles et des garçons d'un autre monde. Des enfants différents.

Ils viennent d'un centre spécialisé. Des grappes de six aux airs doux et aux curieux sourires, pas plus. Ils arrivent en camionnette blanche, conduits et veillés par quatre éducateurs, deux garçons, deux filles, cœurs énormes. Il en faut du cœur lorsqu'on choisit de passer sa vie à travailler avec des autistes.

Gabrielle, Valérie, Simon et François sont des spécialistes. Quatre adultes pour six petits, six gamins dans leur monde mais jamais indifférents au monde, et encore moins à la cavalerie.

Quand il arrive, tout le monde est déjà sur le pont. Alexandre rejoint les moniteurs d'équitation. Paul mène la balade, Ida ferme la marche, et lui se tient au milieu en renfort. Ils marchent à côté des enfants, leur parlent, les rassurent, les réconfortent, les encouragent, les guident et rient beaucoup avec eux.

Ces enfants n'éprouvent pas de différence entre ce qu'ils sont et ce qu'ils font. Proies dans un monde de prédateurs, ils composent avec ce que les hommes ont de meilleur à leur donner. Comme les chevaux, ces gamins-là ont un immense besoin d'être sécurisés. Ensemble, ils ont des conversations. Une connexion s'établit toujours. C'est toute la magie du samedi.

Le comportement d'un cheval dépend de la perception qu'il a de vous ; celui d'un enfant aussi.

Les chevaux sont des enfants différents qui vous améliorent et vous rendent heureux.

*

Elle est encore au lit quand il rentre du centre équestre.

À quoi pense-t-elle ? Où vont ses rêves ? Son corps est chaud et il lui prépare un café. Après seulement, Ava émerge et s'installe à son piano. Cette entame est le préambule non négociable à toute journée. Elle joue comme on ouvre les volets sur la rue ; alors le jour se fait.

Posté derrière sa femme, Alexandre savoure. Son dos est un visage de paix qui vous sourit. Adrénaline et repos, bivouac et chair de poule. Sens en folie.

Ils sont heureux.

Elle file sous la douche. Il a acheté la presse et des croissants. Ils retournent vers le lit encore tiède. Sur le radeau de leur intimité, ils n'ont pas besoin de grands mots, juste de se sentir. Il aime son souffle, les notes douces de sa respiration, quand elle ouvre un journal ou porte une tasse de café à ses lèvres, sa blondeur éberluée, ses mèches qui dégringolent le long de ses joues, la rondeur de ses pommettes, les grains de beauté sur son cou, le dessin de ses lèvres ourlées, sa fossette, la pulpe de ses doigts sur son bras, la forme de ses seins sous les draps, sa cambrure, la douceur de sa peau, son odeur, sa manière de lui tirer la langue quand il la traite de star, de pianiste virtuose adulée par les foules et qu'il tente de la prendre en photo avec son vieux téléphone qu'il rechigne à changer car toute leur histoire se cache à l'intérieur.

Ses œufs brouillés sont un sortilège, et le pain frais leur suffit.

L'après-midi, des élèves débarquent chez eux pour des leçons particulières. Ils pénètrent dans le salon sur la pointe des pieds, impeccables et concentrés. Ceux-là ont de la chance, leur don ne demande qu'à éclore. Alexandre repense à ses anges et entend l'injustice de la vie.

La sienne a pris une tournure inattendue depuis Ava. Depuis leur rencontre à ce mariage. Rien ne l'avait convaincu jusqu'alors d'aimer au point de connaître un jour ce moment, cette terre insoupçonnée.

L'amour est un autre monde.

*

La foule entourait les mariés. Ava et Alexandre se sont retrouvés côte à côte pour signer les registres. Les témoins, un cortège, des vivats et des cris. Sur le perron, la pluie s'est invitée, la foule s'est dispersée sous ce ciel de juin, le temps d'un éclair, l'orage a déchiré la campagne.

Ils se sont perdus de vue.

Il l'a retrouvée à la réception, un peu à l'écart des invités, et dans l'éclat de sa solitude il s'est reconnu. Alexandre s'est avancé d'un pas vers elle, mais, trop réservé pour entamer la conversation, il lui a tourné le dos.

Il a espéré et ça n'a pas manqué.

La seconde fois, c'était au moment du dîner. Les mariés les ont installés à la même table. Alexandre a jalousé le voisin d'Ava et s'est décidé. Quand elle s'est levée, il l'a suivie. Dehors, la pluie s'était tue, seule la nuit bavardait. Le noir du dehors l'a aidé à vaincre sa timidité. Après ses premiers mots hésitants, elle s'est retournée.

Avant même qu'elle n'ouvre la bouche, il a su.

Cet échange allait durer toute la vie.

*

Le piano d'Ava est son sablier quand elle s'absente. Il peut rester longtemps seul face à l'instrument. Elle a tenté de lui apprendre à jouer, pour l'épater il travaille en cachette, une pièce de Schubert, un morceau de Chopin.

Il aimerait savoir jouer l'*Ave Maria* sans fausse note. La surprendre quand elle rentre, qu'elle l'entende, constate ses progrès, le félicite. Pour l'heure, il garde encore ce secret pour lui.

*

Est-il vraiment programmé pour la vie heureuse ? Cette question pulvérise son sommeil. Il se retourne, Ava est à côté de lui. La voilà, cette vie, mais il n'en revient pas. Quelque chose lui dit qu'il va en payer le prix fort, que ce n'est qu'un rêve, un délice momentané et que tout va s'arrêter bientôt. Une petite voix lui chantonne toujours ce refrain : « L'amour est un mirage, une menace et un guet-apens. »

*Trois ans après*

# 2

# Alexandre

Nuit d'encre, le spectre du château au loin, la statue du cheval au rond-point, la voix du GPS est une femme.

Pour arriver jusqu'ici, il s'est un peu perdu, aveuglé par les phares des autres voitures qui, en sens inverse, roulaient vers la capitale. Les mots de métal de son guide, ses hésitations… Le chemin est nouveau pour lui et le trajet a convoqué sa concentration. Sous le dédale du tunnel de la Défense, la pression est montée. En pénétrant dans le boyau, il a eu la sensation d'être griffé par un ogre, et, en cherchant à suivre la bonne voie, d'errer dans les entrailles d'un gouffre.

Une camionnette s'est collée dans son dos. Le bruit du klaxon l'a fait sursauter. Le type le serrait tellement, il a cru qu'il allait lui monter sur le toit. En déboîtant, il a vu le doigt d'honneur, les lèvres s'agiter. Les insultes ne sont pas arrivées jusqu'à lui, les mots crus ont échoué bien avant.

Sur l'écran, la flèche bleue rassurait. Soudain, la voix s'est déformée. Il a douté de l'algorithme et a perdu les instructions. Il a juré quand le réseau a été coupé.

Des panneaux bleu et blanc ont scindé le trajet sinueux. Il a visé la sortie. Il a accéléré avant le carrefour, pour sortir de l'enclos, soulagé.

Il a ouvert la fenêtre. Le vent et les particules fines lui ont fouetté le visage. Une larme sans tristesse a coulé sur sa joue. Une poussière dans l'œil après la saison du pollen, ça peut venir de partout, et pourquoi pas du ciel. Il a frotté avec la paume de la main et le corps étranger est parti.

Le béton au-dessus du capot l'a impressionné, les lumières torsadées du tunnel aussi. Les yeux encore gonflés de sommeil, il a senti en sortant la rage des hautes tours qui dormaient.

Il avait oublié.

C'est revenu en quittant la Défense, remonté d'un coup sec à la surface et ce souvenir a pris toute la place. Il y a quinze ans, il a failli signer ici son premier contrat de travail. Un poste dans l'informatique, la vie de bureau dans une tour, l'assurance d'un bel avenir.

La cravate autour du cou, les chaussures bien cirées, un attaché-case en cuir mat et tout en haut le soleil.

Il n'a jamais signé son contrat ; il a fait demi-tour, sans majesté. Il est rentré chez lui.

Ses parents n'ont pas compris qu'il refuse une telle opportunité, sa fiancée de l'époque non plus et elle l'a quitté juste après.

Les siens ont parlé de chance et de lui qui gâchait toujours tout. Depuis, le monde du travail n'a jamais cessé de l'effrayer, il a juste appris à faire semblant.

La fille du GPS est revenue.

Sur la voie rapide, un panneau indiquait Bezons. À droite, Nanterre et ses environs s'éloignaient ; à Sartrouville, la voix de métal était claire. Un embouteillage s'est formé, des gens pressés lui ont coupé la route. Qui se lève aussi furieux avant les premières lueurs ?

La circulation est devenue fluide vers le château de Maisons-Laffitte.

Un sourire s'est dessiné sur ses lèvres,

Quelque chose de joyeux vibrait en lui.

*

La voix métallique continue de lui tenir la main. Le fil d'Ariane de la modernité marque une pause devant l'édifice. Même dépourvus d'éclairage, les contours du château sont précis. Et forcément son père lui revient.

Son père adorait l'histoire et les demeures des rois. Son père savait avant Wikipédia, et s'il était venu avec lui ce matin, il aurait exigé qu'Alexandre se gare. Il lui aurait expliqué ce chef-d'œuvre du XVII$^{e}$, Louis XIII et l'œuvre de François Mansart. Il lui aurait parlé de la nécessité des résidences de chasse. Des écuries pour cinquante-six chevaux pensées par le maître, de la finesse et des détails de l'ouvrage, des façons de recevoir le roi tandis qu'avec sa suite, il débarquait ici par la forêt de Saint-Germain.

Si son père avait été là, il lui aurait expliqué que ce château marquait une transition entre le style Renaissance et le classicisme. Qu'il avait inspiré d'autres chefs-d'œuvre, Vaux-le-Vicomte et Versailles.

En excellent conférencier de ce genre de sujets, il aurait enchaîné, ferme, et exigé l'attention de son fils.

— *Écoute-moi, Alexandre !*

Il aurait parlé de la noblesse de robe et aurait longuement raconté l'histoire d'un certain Longueil, parlementaire et affairiste attiré par le potentiel de la seigneurie de cette ville qui ne s'appelait pas encore Maisons-Laffitte, mais Maisons-sur-Seine. Il aurait disserté sur les transformations, les travaux titanesques, parlé de gens morts depuis l'éternité, du temps nécessaire, de l'argent et des dots, des générations de bâtisseurs, des trente-huit années qu'il a fallu pour ce spectacle grandiose.

Rien n'aurait arrêté son père, pas même le bruit du moteur de la voiture qui s'en va et les soupirs d'un fils déjà ailleurs.

Il aurait décrit la disposition des appartements, des antichambres, des grandes chambres, des petites chambres, des cabinets de garde-robe et de toilette, du vestibule d'honneur, des aigles cachés dans les angles.

S'il avait été là, son père aurait jonglé avec les rois et les reines, les dates et les anecdotes. Il aurait glosé sur les changements de propriétaire et de règne, sur la Révolution, le bien national et la vente au citoyen Lanchère, marchand d'armes, puis au maréchal Lannes, et enfin, en 1818, au banquier Jacques Laffitte, ministre des Finances de Louis-Philippe.

— *Et puis ce fut un assureur en 1850, un assureur qui inventa l'arithmomètre, et puis ce fut un peintre.*

Un assureur et un peintre. L'État, en 1905. Et les monuments nationaux.

Et ça serait enfin terminé. Le fils saurait tout, enfin presque tout, avant de tout oublier en un claquement de doigts. Pas comme son père.

Alors que la nuit se dissipe, il chasse cette image dans le matin qui s'amarre. La seule chose dont il se souvient, c'est que son père est mort.

*

La statue du cheval au rond-point s'éloigne dans le rétroviseur. Le monstre de bronze est figé en plein galop, grandeur nature, tête basse. Un mètre soixante-douze au garrot, six cent cinquante kilos de fierté et de muscles posés là sur une patine verte. La statue équestre a été coulée dans le bronze à la fonderie Deroyaume à Villiers-sur-Port. Combien de voitures passent devant tous les jours et l'ignorent ?

Le sculpteur a prénommé son œuvre *Chaconne*, à cause de Jean-Sébastien Bach. Alexandre ne le sait pas encore ; il le découvrira bien plus tard, un soir à l'écurie. C'est une œuvre récente, signée Frédéric Jager. Frédéric Jager est né en 1957 ; il est le Mick Jagger de la sculpture de chevaux, l'héritier de Delacroix, Géricault et Rodin. C'est écrit sur son site Internet : Frédéric Jager les dessine depuis toujours, parce qu'« à l'inverse des hommes, un cheval est toujours beau, est toujours fort, est toujours triste ». Frédéric Jager est jurassien, il a de l'or dans les mains et voit dans la nuit des pur-sang. Un galop ne se fige par essence jamais ; le mouvement capturé tient du divin.

Les statues équestres disent la vie et la mort. Si deux sabots ne touchent pas le socle, c'est que le cavalier a été tué au combat.

Est-ce que son père aurait su ça ?

Le ciel retire sa couverture noire et entrouvre sa porte aux premiers rayons du soleil. On commence tôt dans le monde des courses. Au chant du coq, on est déjà dans un box à remuer la paille à coups de fourche, à vider une brouette dans un tas de fumier.

Alexandre a rendez-vous au bout de l'hippodrome. Victoire l'a prévenu pour le froid, elle lui a recommandé de porter une veste chaude, et même, en dessous, une tenue qui réchauffe.

Une mer de brume recouvre l'horizon.

Il a oublié d'éteindre les phares. Il retourne à sa voiture et entend hennir derrière lui. Six chevaux en file indienne avancent au pas vers l'enceinte. Ce qui frappe en premier, c'est la tension qui règne au milieu du cortège, la morphologie des pur-sang, le fuselage de ces corps élancés, les os finement dessinés, les muscles saillants, les courbes des croupes, le souffle des naseaux, la taille de leur âme. La respiration de la meute avant la symphonie est une introduction à la foudre qui s'annonce ; elle éclatera une première fois au moment du départ, quand la troupe s'élancera derrière le mur d'enceinte sur l'herbe courte et trempée par l'aurore.

C'est écrit en lettres blanches sur un grand panneau vert :

Centre d'entraînement
Pistes de Fromainville

Il la reconnaît à sa voix. Victoire le salue d'un sourire de banquise. Cela fait dix ans qu'ils ne se sont pas vus. Il se souvient encore du jour de sa naissance, de cette lumière cuivrée. La veille, la mère de la jeune femme montait à cheval ; le lendemain de la naissance de sa fille, elle était de retour dans son centre équestre, le couffin trônant dans la mangeoire d'un vieux cheval de club qui la couvait avec douceur. Le bébé était hilare et tout le monde autour le prenait en photo. Née sans père, cette petite fille arrivait de nulle part ; sa mère avait caché sa grossesse, recouvert son ventre de pulls larges et de manteaux amples, jusqu'au dernier moment. Les gens de chevaux gardent jalousement leurs secrets ; c'est seulement sur leur monture qu'ils avouent.

Victoire est une jeune femme d'à peine trente ans. Des mèches blondes s'échappent de son casque. Sous la glace d'un calme apparent, son cœur est un feu de la Saint-Jean. Elle est heureuse de le retrouver, comme on peut l'être avec ceux qui nous ont connus bien avant que l'on sache marcher. Il est heureux de la revoir, à l'image d'un oncle qui a perdu de vue sa famille, s'est retiré du clan malgré lui, entraîné par les flots de la vie et les caprices du temps qui passe.

C'est pour elle qu'il est là ce matin. C'est grâce à elle qu'il s'est levé aux aurores. Elle connaît son amour pour les chevaux. Elle l'a invité à venir la voir. Il a d'abord hésité à dire oui et s'est décidé.

Il pense à sa femme, à son sommeil léger. Il a été discret en se préparant. Ava n'a rien entendu.

*

Le gazon est un tapis de billard.

Aux aguets, l'œil vif, les pur-sang tournent en cercle et scannent la piste. Leurs naseaux crachent une fumée de dragon ; nervosité avant l'effort, effluves électriques, pression qui va crescendo. Emmitouflée dans sa doudoune, un bonnet sur la tête, une femme donne ses dernières instructions avant le départ. Visage de marbre, bouche ronde, paupières closes, tout en elle évoque le calme et la détermination.

Victoire a prévenu Alexandre : le mardi, c'est le jour des galops. Échappée pleine balle, lancée sur la piste verte.

— Ici, Alexandre, le nerf de la préparation, c'est la pleine vitesse, botte à botte, ou derrière le cul du voisin, en rang d'oignons à bonne distance. Tout dépend de la nature du programme fixé pour les futurs champions, des prochaines courses, de leur distance, des hippodromes.

Ce matin, l'exercice consiste à finir ensemble et groupé, à repousser ses limites, à obtenir le meilleur, en équilibre, dos au vent. Mieux qu'un travail, tout un art.

Une dernière lame de lumière chasse les restes de la nuit. Le jour se pointe franchement, les lignes roses du ciel caressent l'or des rayons encore timides du soleil. D'épais nuages mouchetés dessinent des rébus mystérieux. Sur les pistes d'entraînement, la couleur orange des matins est plus franche que celle du soir, moins incendiaire. Souvent, des nuances de parme ou de lilas s'incrustent par endroits, des traits gris de-ci de-là, et un blanc mousseux aussi. À chaque saison, sa palette de couleurs.

Dans l'air humide, l'automne qui démarre est de bronze ; les feuilles rouges sont lacérées de jaune au pied des arbres, balayées par le vent, éparpillées par les bourrasques. La pluie fine et glacée s'est arrêtée.

Quand débarquent à l'aube les premières fournées d'équidés, le décor est toujours en mouvement. Le petit jour prend le temps de régler ses lumières. Sur la scène, rien n'est jamais figé. La nature s'organise et retient son souffle. Avant le lancer des champions, les animaux courent se cacher.

Les occasions de lever le nez vers le ciel sont rares, les regards filent droit devant entre les oreilles. Concentrés, les pur-sang ombrageux et éruptifs marchent en cercle. Ils sont à l'écoute du monde. Dans leur hypervigilance, le moindre doute les effraie et peut aboutir à la catastrophe.

L'entraîneur lui fait signe de s'approcher. Pareil à des gazelles à l'affût, le troupeau piaffe d'impatience avant le bombardement.

Les croupes frissonnent sous leur couverture, les pilotes se rajustent, raccourcissent leurs étriers et replient les couvrantes sous leur selle.

Les hostilités vont bientôt débuter.

Les préparatifs offrent au jour naissant un spectacle de toute beauté.

L'équipe s'élance pour un premier tour de chauffe. La vitesse est encore modérée. Le galop de chasse est une question d'équilibre, un préliminaire nécessaire à l'éclat. Les pur-sang le savent, ces longueurs avant le feu ouvrent le bal, évitent les blessures. Haletants, certains ne s'en laissent pas conter, ruent, se cabrent et cherchent, inflammables, à accélérer pour tout de suite s'abandonner à l'allure supérieure.

L'entraîneur l'invite à la suivre. Il grimpe à sa suite les barreaux de l'échelle d'un mirador et se positionne sur la plateforme. Un peu de hauteur permet de mieux profiter du galop et les jumelles aideront à voir loin, tout au bout de la piste, jusqu'au virage avant la dernière ligne droite.

Alexandre est tout de suite fasciné par l'élan, le grabuge de cette course d'entraînement. Il interroge sur la vitesse. Elle lui répond qu'elle varie selon la nature du terrain. Il fait mine de savoir sans connaître, s'imagine lancé à 60 kilomètres/heure en équilibre sur un pur-sang, cherche sans y parvenir les sensations qui vont avec, n'y parvient pas.

Ce genre d'expérience s'éprouve avec les tripes. 60 kilomètres/heure sur un cheval de course, ce n'est pas 60 kilomètres/heure dans une voiture.

On est loin du compte. C'est un vertige, qu'il faut apprendre à apprivoiser et encaisser. C'est une histoire de position, un corps-à-corps avec l'animal, le nez fourré dans la pénombre d'une encolure.

Ils s'élancent, lacèrent l'air dans un bruit indescriptible. Le peloton accélère ; le compteur monte vite, dès les premières longueurs.

Dans les jumelles, Alexandre tente de suivre le groupe, parvient à le retrouver. Les six équipages sont à pleine vitesse, et déjà loin, presque invisibles. Des ombres se distinguent, les silhouettes à l'horizon, les corps juchés, le tonnerre du galop. Ils se rapprochent à vive allure.

Dans la dernière ligne droite, chacun encourage son partenaire. Ils donnent tout ce qu'ils ont sur l'herbe rase et labourent la piste. Des mottes de terre volent au-dessus des casques, la fougue du peloton transperce l'atmosphère, visages déformés, traits tirés, feu aux joues, les cris des jockeys encouragent dans les derniers mètres.

Les bustes sont ramassés en un schuss ultime, les bras accompagnent l'effort, l'écume gicle, les veines des encolures ressortent sous la pression de l'effort et donnent l'impression d'être au bord de céder.

L'aura de la horde plane au-dessus du cortège. La couleur du ciel est chamboulée. Effrayés par le blast, les derniers nuages foutent le camp.

D'en haut, tout paraît simple et fluide.

Le galop est une danse.

Serait-il capable de remonter si l'occasion se présentait ?

Serait-il en état de le faire ? Après tout ça ?

Il a bien connu les chevaux dans une autre vie.

*

Ils franchissent la ligne d'arrivée dans un cri.

Les cavaliers se redressent, poussent un soupir d'aise pour ralentir. Les pur-sang aux regards lancinants entendent les ordres, ils savent que la séance touche à sa fin, que, même noyés sous l'écume, encore incrédules, ils sont arrivés à bon port.

Tremblants et suants, ils prennent quelques foulées pour interrompre leur course et récupérer. Les transitions vers la paix demandent du temps. Les dos des champions fument comme des cheminées. Le calme revient. Ce genre de petite mort est une bénédiction.

Un nouveau cercle de silence se forme. Marcher au pas aide à récupérer. L'entraîneur descend les barreaux de l'échelle et sans s'émouvoir retrouve les siens avec, dans les mains, un appareil pour mesurer, dans la rumeur du matin, le rythme cardiaque de ses pensionnaires. Elle a un mot pour chacun ; ils doivent répondre de leurs sensations, décrire précisément le comportement de leur partenaire, ne pas s'étaler sur leurs états d'âme.

Le vent court, le cortège reprend le chemin de l'écurie. En dessanglant, certains allument une cigarette, échangent quelques mots sans effusion.

Alexandre est subjugué. L'entraîneur propose de lui offrir un café ; son timbre est doux et ferme à la fois. Il accepte volontiers.

Elle se présente : « Je m'appelle Sophie. »

Il remonte dans sa voiture et suit le groupe. Une cinquantaine d'écuries sont installées autour de l'hippodrome, des allées cavalières bordent les routes. D'autres essaims de pur-sang apparaissent : cinq cents sortent chaque matin de leur box pour le travail sur les pistes. Les cavaleries se croisent sur le gazon ou dans les arènes de sable, plus profondes et plus difficiles pour les athlètes, qui, en s'y enfonçant, s'y musclent au trot et au galop, conquièrent et améliorent, chaque jour, conditions physique et morale, indispensables pour voler sur les hippodromes.

Le travail du matin permet de gagner l'après-midi sur les champs de courses. La victoire, c'est la finalité.

Tout est nouveau pour lui. Sophie lui explique le théâtre et le fonctionnement du centre et d'une écurie. À Maisons-Laffitte ou à Chantilly, tout est pensé pour les courses. Les cours sont collées les unes aux autres, les nuits sont bercées par les hennissements et les rêves des chevaux. Derrière chaque portail, un mystère, un monde bruisse. Chaque maison a sa méthode, une manière de penser l'entraînement, de préparer les futurs champions, de croire en ses chances et de convoquer le destin. Les après-midi sont dédiés aux compétitions, aux luttes à mort et aux corps-à-corps avec les adversaires.

Les cracks traversent la France en camion pour une chance de victoire sur un hippodrome. Dans ce monde dur et sans pitié, on ne compte ni ses heures ni sa sueur. La routine et la discipline sont les conditions du succès, le courage et la grâce s'occupent du reste.

Le café est fort, les cigarettes s'enchaînent.

Visages marqués par une vie passée dehors, joues creusées parfois ombrées d'une barbe, corps secs, mains larges, les cavaliers s'amusent à compter leurs fractures et leurs chutes.

Le personnel profite d'une courte pause pour se joindre à la discussion ; chacun se présente poliment et personne ne lui pose de question. La dernière goutte de café avalée, ils retournent préparer le prochain lot. Alexandre se retrouve seul avec Sophie. Elle le fixe en imposant le silence. Il se sent jaugé ; il l'est. Il veut meubler mais s'abstient. Elle l'interroge sur son expérience, il hésite, lui répond simplement qu'il sait monter mais qu'il n'a jamais fréquenté les pur-sang. Elle lui propose d'essayer une prochaine fois. Un frisson lui parcourt le dos, elle le laisse seul face à la rangée de box. Le staccato du pas sur l'asphalte, la queue cingle l'air.

Quand elle réapparaît, elle est à cheval. Elle part pour la deuxième tournée du matin avec les autres sur les pistes de sable. Ils se saluent. Alexandre la regarde s'éloigner, elle se retourne et lui lance :

— Samedi prochain, si tu veux, tu pourras venir avec nous.

« Tu pourras venir avec nous. » La phrase résonne dans l'habitacle. En passant devant le château sur la route du retour, il compose le numéro de sa femme, laisse un message à Ava. Il lui raconte sa matinée, lui annonce la nouvelle : il a osé venir jusqu'ici. Il lui parle de cette invitation, de cette occasion qui se présente à lui. Il ne sait pas s'il ira plus loin, il aimerait tant avoir son avis.

Le ciel a retourné sa veste. Un rideau de pluie tombe droit sur la route. Il pense à Victoire et aux autres sous les trombes d'eau. Pluie, vent, neige, aucune météo n'arrête les pur-sang.

Tout se bouscule dans sa mémoire et son père se remet à parler :

— *Les premières courses de chevaux officielles en France furent organisées à proximité du château, dans la plaine d'Achères. Sept chevaux anglais étaient au départ. Un amphithéâtre fut spécialement construit pour recevoir la cour du roi. Presque un siècle après, de nouvelles courses furent organisées à Paris, à l'occasion de l'inauguration du Champ-de-Mars par le comte d'Artois, frère de Louis XVI et futur Charles X.*

Alexandre monte le son de la radio, zappe sur les stations musicales et demande d'abord calmement à son père d'arrêter. Il lui répète qu'il ne retient rien de tout ce qu'il lui raconte, qu'il n'a jamais imprimé ses histoires et que l'histoire ne l'intéresse pas. Ce matin, ce qu'il veut, c'est vivre, et pour la première fois depuis longtemps, il s'est senti vivant devant le spectacle et la beauté. Est-ce que de là où il est, il peut au moins comprendre ça ?

La voix de son père persiste.

— *Écoute ça : lorsque le château de Maisons-Laffitte fut acheté par le comte d'Artois en 1777, il installa sa propre écurie. Elle était composée d'une vingtaine de chevaux anglais... Il fit aussi dessiner ses pistes d'entraînement sur les prairies du bord de Seine. En 1818, le château fut acquis par le banquier Jacques Laffitte dont le gendre, le prince de la Moskowa, et le neveu furent les membres fondateurs de la Société d'encouragement, puis du Jockey Club.*

La pluie tombe de plus en plus fort, souille la voie rapide qui conduit au tunnel de la Défense, il prend une grande bouffée d'air pour se calmer et entend sa rage monter.

— Arrête de ramener ta science, putain ! Qu'est-ce que t'y connais aux chevaux ? Hein ? Tu n'en as jamais approché un ne serait-ce qu'une seule fois, tu te souviens ? Tu as juste été capable de tout foutre en l'air ! Alors quoi, arrête ! Arrête, s'il te plaît !

— *La première réunion de course fut organisée par Jacques Laffitte sur la prairie en bordure de Seine le 20 juillet 1818. Le 11 avril 1877, Joseph Oller, créateur des courses avec paris, obtint le droit d'organiser des courses de chevaux sur la prairie, pour une durée de douze ans. Après avoir aménagé des pistes et des tribunes, Joseph Oller inaugura le champ de courses le 6 juin.*

Effet émétique de la voix de son père.

— Ferme ta gueule !

— *C'est en 1898 que naît le centre d'entraînement. Entre 1970 et 1986, il s'agrandit une dernière fois avec la création des pistes de Lamballe et de Penthièvre. Sous l'impulsion de Marcel Boussac, les installations actuelles de l'hippodrome sont construites. Il devient alors le plus moderne de l'époque en Europe.*

— Tu vas te taire, bordel !

Il lâche le volant et pousse un hurlement.

— *L'histoire n'intéresse pas monsieur ? Monsieur aurait-il encore peur du passé ? Remarque, ça ne m'étonne pas. Non mais, regarde-toi, seul au volant de ta voiture ! Tu n'es qu'un petit con qui ne connaît rien à rien. Un phasme qui gâche tout, un irresponsable. Tu n'y arriveras jamais, tu m'entends ? Tu n'arriveras jamais à te remettre en selle, à te remettre tout court. Espèce d'ignare, d'ignare et de salaud ! Comment oses-tu encore t'approcher d'un cheval après ça ? Retourne dans ton centre équestre, pendant que tu y es ! Assassin !*

*

Il gare sa voiture en sortant du tunnel de la Défense et fonce d'un pas fébrile vers la première terrasse abritée. Pour retrouver ses esprits, il commande un verre de Jack Daniel's, un whisky de 10 heures du matin, et le boit d'une traite pour chasser l'épouvante. Soleil artificiel, l'alcool roule dans la gorge et immédiatement fait son effet, neutralise la voix du mort, et le ramène au présent. Chaque fois que cela se produit, il a besoin d'un long moment pour récupérer. Dans le brouhaha de la ville, les ronflements de la circulation, il revient progressivement à lui. La pluie qui tombe droit, les immeubles, les gens qui passent, l'adversité. Pour s'échapper du Requiem, il s'applique à respirer ; respirer profondément est la seule issue qui s'offre à lui. Il repense à la mer de brume, à l'étendue du gazon, à la fureur du galop, au souffle du vent, à la prouesse de l'équilibre, et ces images le soulagent. Cette beauté le raccroche un peu à l'espoir. Il n'entend plus la voix de son père lui revenir d'outre-tombe.

C'est déjà ça.

# 3

# Tony

L'envie de chialer est montée d'un coup quand j'ai refermé la porte après t'avoir embarqué.

Je n'allais pas leur offrir ce cadeau en plus ; j'aurais eu l'air de quoi devant tous les autres ?

Même le patron, qui me connaît bien, il n'aurait pas compris, il m'aurait dit :

— Ben Tony, qu'est-ce qui se passe, tu as une poussière dans l'œil ? Tu chiales comme une première communiante ! Tu fais ta gonzesse, ou quoi ? C'est pas le moment, y a du boulot et de la route !

Il aurait rigolé, et fort en plus, non pas que ce soit le genre de gars à tirer sur une ambulance, mais là, il ne se serait pas privé. Plutôt crever. C'est sûr, il se serait bien foutu de ma gueule, même lui. Et puis, après, tout le monde aurait jasé. Ça va vite, dans une écurie, les rumeurs avec le personnel. Mais moi je rentre pas dans ce cirque, je rentre pas dans leurs commérages. Je me suis toujours fait respecter.

Aux écuries, aux vestiaires, sur les hippodromes.

Tu vois, gamin, je te l'ai toujours dit : le respect, c'est la clé. Tu fermes ta gueule, tu bosses et tu te fais respecter, et si on te manque de respect, il n'y a pas trente-six solutions, c'est vlan dans la tronche. Une droite directe, ça vaut tous les mots du monde. Tu fermes ta gueule, tu bosses. Le boulot bien fait, y a que ça de vrai.

Alors non, j'ai rien montré de ma tristesse, j'ai rien dit. Et puis quoi encore ? J'ai souri, j'ai baissé la tête, j'ai mis le contact. Marche arrière, facile, la manœuvre, avec mon camion, incognito. Personne s'est foutu autour pour sortir les mouchoirs et agiter les bras. Rien à foutre, de ton départ ; rien à foutre, après tout ce que tu leur as donné, de te regarder partir. Ni merde, ni merci. C'est ça, le monde des humains.

Ils sont tous partis préparer les chevaux et aucun ne s'est rendu compte du vide que tu laissais derrière toi.

Mais là, gros, maintenant qu'on est tous les deux, j'ai pas envie de te mentir. Alors oui, tu vois, devant toi, je peux. Je chiale.

Je laisse couler, et ça fait mal et ça fait du bien. Je pleure, un môme.

C'est con, la vie.

Tout le monde me prend pour un dur, mais au fond, ouais, je suis un émotif, un môme, et là, tu vois, c'est l'enfant qui remonte. Cet enfant, toi, tu le connais bien, après tout ce qu'on a vécu ensemble. Cet enfant, tu l'as vu dès le premier jour.

Je savais que ça finirait mal – ça finit toujours mal –, mais là, je dois t'avouer que je ne suis pas prêt.

Bien sûr, c'est égoïste. Je sais que tu vas être bien là-bas. Tu vas être un pape dans ton haras. T'es pas le premier cheval retiré des champs de courses que je ramène chez lui. Mais j'ai envie de te garder pour moi, encore.

Sérieux, gamin, je vais faire quoi ? Regarder nos photos dans mon putain de téléphone ? Vivre de nos souvenirs ? Me refaire nos tours de France, nos voyages, l'Allemagne, l'Angleterre, l'Australie, Hong Kong ? C'est passé tellement vite, ces trois ans.

J'ai tout dans la tête, tout dans mon téléphone.

Je vais fermer ma gueule. Il ne faut rien dire, dans ce milieu, jamais se confier sur ses blessures, pas avouer quand on est mal, juste être là, sinon c'est mort, plus personne ne te respecte et y a toujours un gars pour te piquer ta place. J'ai vite compris ça ; dès mon apprentissage, j'ai fermé ma bouche, j'ai baissé la tête, j'ai foncé, et j'ai serré les dents.

Mais j'ai compris, y a quoi, trois, cinq ans, qu'il faut que ça sorte aussi tout ce qu'on accumule. Et j'ai trouvé la solution. Quand je suis tranquille, je dis tout haut ce que j'ai sur le cœur, et je m'enregistre. Ça me donne l'impression de parler à quelqu'un.

En général, je vide mon sac au volant de mon camion. Mes enregistrements, c'est mon journal intime. Là, par exemple, j'enregistre tout de notre dernier voyage. J'ai presque toutes nos conversations dans ce portable et quand tu ne seras plus là, que je serai dans mon lit ou sur la route, je nous réécouterai. Je réécouterai ma vie avec toi. Ça m'aidera à me sentir bien, et au volant, je verrai des images sur le pare-brise.

Et j'ai tout dans la tête aussi. Tout est dans la tête. Oui, tout, gamin. Je me souviens de toutes nos courses : le prix d'Hédouville et ta victoire au prix de Reux, le grand prix de Deauville, Saint-Cloud, Chantilly, Enghien, Vichy… mon champion, tu m'auras tant donné !

J'en connais, du monde, et tout le monde me connaît, sur les champs de courses, mais je ne peux pas dire que j'aie des amis, ça non. Je veux dire des vrais à qui tu peux tout raconter, tout confier.

Et puis j'aime pas demander, même un service à la con. Je préfère me débrouiller seul.

Tu sais ça, toi : on est seul et on finira seul. Toi, tu me connais à fond ; à toi je peux tout dire.

Je n'ai pas de regrets. Je sais que je m'en sortirai toujours.

Mais tu vas me manquer, mon champion.

Sûrement que, quand je vais rentrer chez moi, dans cette saloperie de maison vide, je vais nous réécouter. Et je vais essayer de t'entendre derrière, bouger, souffler, respirer.

Et je ferai écouter tout ça à Igor le lézard, Igor mon lézard, mon colocataire, mon vieux compagnon, mon ami. Sale bête !

Tout va remonter, et peut-être que tu verras gicler mon cœur sur les murs. Je vais peut-être me la mettre là, la balle, en plein cœur. C'est tout ce que je mérite. Après tout ce que tu m'as offert, je peux mourir en paix.

Viens, approche un peu, regarde la route.

Tu as vu, gros, c'est beau, ce ciel, le jour, quand il se lève, c'est toujours après nous.

On va s'arrêter, tiens. Je vais me boire un café, fumer une bonne clope, et même encore un paquet avec toi.

Et tu seras là, encore un peu.

*

Ça m'a fait du bien, nom de Dieu, ce café. On a quoi ? Deux cents bornes encore à passer ensemble ? Senones-la Normandie, c'est pas le bout du monde. On a vu pire. Tu dis quoi, gamin ? J'ai fait tout ce que j'ai pu pour qu'il soit nickel, le camion, tu as vu ? C'est un vrai quatre étoiles. Tu as l'air bien. C'est déjà ça. Calme, tranquille.

La rigueur. Tu te souviens que je t'ai montré les carnets que je tenais quand je montais en course ? J'étais jeune. À l'époque, on pouvait pas enregistrer avec les téléphones et je notais tout : réunion par réunion, cheval, performances, classement. Cahier à spirale, petits carreaux, parfait écolier.

Des années après, j'ai rien oublié. Tiens, au hasard : année 1999. 130 montes, 17 gagnants. Mois de mars : 7 montes en obstacle, 6 montes en plat, 7 placés, 2 gagnants. Avril : 8 montes en obstacle, 6 montes en plat, 7 placés, 2 gagnants.

Je peux remonter toute l'année, si je veux. Juin : 11 montes en obstacle, 11 montes en plat. 10 placés, 3 gagnants. Décembre : 4 montes en obstacle, 2 placés, 1 gagnant... et c'est pour toutes les courses pareil. J'ai une de ces mémoires !

Même les hippodromes, je suis capable de les classer dans l'ordre année par année : Nancy, Strasbourg, Wissembourg, Paray-le-Monial, Cluny, Mâcon, Cagnes-sur-Mer, Auteuil, Lyon, Fontainebleau, Moulin, Vittel.

Je me rappelle chaque victoire.

J'en ai une qui me revient, une de mes premières gagnes en steeple-chase. 13 juin 1999. Le prix de Ceffonds, 4 200 mètres avec Germinal de Vaut. Casaque rouge, chevron et manches noires.

Cette tête... Je suis vraiment un môme. Tiens, je revois Céline. Elle porte une marinière. Les cheveux attachés. Elle a la main sur mon épaule. On s'est mariés la veille. On est jeunes, on est heureux. Je suis ivre de bonheur.

Ivre de bonheur !

7 octobre 2001, prix le Radar, course de haies réservée aux trois ans, 3 200 mètres. Je gagne

avec Fjord du Moulin. Casaque rouge, trois pois et brassard jaune. De la boue plein la tronche. Céline pose encore sur la photo, avec la petite.

Marie a treize mois.

Vittel, 17 août 2005, prix du conseil général des Vosges, 2 400 mètres avec Zero Hour. Casaque rouge, croix de Lorraine jaune, brassard jaune. Je suis fier et j'ai le cœur en morceaux. J'ai ma fille dans les bras.

Sa mère a foutu le camp.

Je crois aux signes de la vie. Je suis sûr qu'on a un tracé. Tout est écrit.

Céline est partie avec mon patron. Cette fille, c'était mon amie, ma confidente, une mère, un enfant.

Tu connais l'histoire ? Il était marié, il avait des mômes de l'âge de ma femme, il l'a connue gamine, et puis un soir il m'a convoqué dans son bureau, il m'a dit :

— Tu sais, Tony, l'amour, ça ne se commande pas.

Eh bien malgré ça, je suis resté jusqu'au bout à travailler dans son écurie. J'ai monté ses cracks, j'ai gagné des dizaines d'autres courses. Bien sûr que je ne l'ai pas bien vécu, je lui ai mis sur la gueule, je suis parti, un bon mois, respirer, reprendre mes esprits, et je suis revenu au boulot, j'ai repris ma place de jockey. J'allais pas en plus perdre ce poste.

Ils se sont mariés. C'était dur à encaisser.

Même si elle m'a laissé sur le carreau en partant, tu sais, gamin, au fond de moi, j'ai toujours su que ce n'était pas la femme de ma vie, que je ne finirais pas ma vie avec elle.

Quand Céline s'est tirée, ça faisait bien huit ans que je n'avais pas avalé une goutte d'alcool. Ce soir-là, j'ai bu. Avec un type dans un bar. Un type que je ne connaissais pas, qui ne savait rien de ma vie. Je lui ai tout raconté, tout craché sans pudeur, et il a accepté ma tristesse. C'est lui qui m'a ramené chez moi, ivre mort. Ce type-là, il m'a porté sur son dos sans me connaître.

Je ne l'ai plus jamais revu. C'est pas plus mal.

On devrait toujours faire ça, tout balancer à des inconnus dans un bar dos au mur et tourner la page.

La moindre erreur en course coûte vite très cher.

Pour arriver à la fin d'une histoire, il y a plein de chemins.

C'est le karma, gamin.

# 4

# Élisabeth

Quand le soleil est si gentil, je pourrais rester des heures sur mon balcon à observer la vie du monde en bas. Ce n'est pas très passionnant, et même bien monotone, mais j'aime imaginer la vie des gens. Dans la résidence, elle est réglée comme du papier à musique. Il faut dire qu'à part quelques vieilles choses comme moi il n'y a que des familles avec des jeunes enfants. Avec des petits, c'est le départ à l'école tous les matins à la même heure, et le soir, tout le monde à la maison à partir de 17 h 30. Après l'école, le parking se transforme en cours de récréation. Dieu que ces enfants sont bruyants... En même temps, ils ont besoin de se dépenser au milieu de tout ce béton, et quand leurs rires remontent jusqu'à ma fenêtre, je trouve ça charmant, toute cette joie. Et puis j'ai des doubles vitrages.

Quand j'en ai soupé de les entendre se chamailler, ou que leurs cris m'emmerdent pendant que je me concentre sur mes mots fléchés, je m'enferme à double tour.

Mes journées passent vite. Je peux rester des heures bien calée dans mon fauteuil avec un bon bouquin. On se prête les livres à mon club de lecture, je trouve ça très bien, même si certaines de mes congénères cornent les pages, quand elles ne tachent pas les couvertures avec leur tasse de thé ou de café. Ce que ça peut me mettre hors de moi, ce manque de considération et de soin !

J'aime aussi les puzzles, les 20 000 pièces. Je suis capable de passer des soirées entières sur un tableau de Monet, de Manet, de Renoir ou de Berthe Morisot avec un air de Chopin, une pièce de Schubert, le génie de Franz Liszt, c'est parfait.

J'aime la musique, le piano. La peinture aussi. J'ai toujours eu une passion pour les impressionnistes, surtout les *Nymphéas.* Après des heures passées penchée sur les puzzles, ça me crève et me réchauffe le cœur. Un bonheur pareil n'a pas de prix.

Je mets aussi la télévision en marche dès que j'ouvre un œil. C'est un réflexe un peu idiot, puisque je ne la regarde pas. Il n'y a plus rien de bon, à part parfois des documentaires intéressants sur l'histoire, mais c'est toujours tard le soir. Ce n'est pas que c'est passionnant, mais ça me rappelle mon mari. On ne se refait pas, cinquante ans avec un professeur d'histoire, ça laisse des traces… et des traces avec lui, j'en ai beaucoup.

La télévision, je ne l'écoute que d'une oreille distraite. La logorrhée des chaînes d'information continue me tient compagnie, les voix des présentateurs occupent le silence de mon petit salon. Je les entends depuis l'entrée quand j'arrive chez moi et cette conversation ininterrompue me rassure autant qu'elle me fatigue. L'état du monde me déprime.

J'ai emménagé ici à la mort de Joseph. Je dois bien dire que j'ai fini par trouver mes marques. J'ai même découvert un certain plaisir à la solitude. Je suis une veuve de son temps ; j'ai même une tablette pour aller sur Internet. Alexandre est venu m'aider à la choisir et m'a montré. J'ai noté sur un carnet les étapes pour la mettre en route. J'ai choisi un nouveau mot de passe : les premiers chiffres correspondent au jour de la naissance de Joseph et les derniers au jour de sa mort. J'ai naturellement tout de suite téléchargé un programme pour jouer au bridge contre des gens que je ne connais pas. La modernité, quand même !

Des livres, la musique, des puzzles, le bridge. Ma vie.

Je goûte à cette liberté d'aller et venir, trouve toujours quelque chose pour m'occuper, et je descends chaque après-midi pour une marche. À mon âge, l'exercice physique est limité, mais, attention, je suis très disciplinée, je m'astreins chaque matin à vingt minutes de gym et l'après-midi à quarante-cinq minutes de marche.

À quatre-vingts ans, je ne vois pas beaucoup ma famille. J'ai un frère et une sœur. L'un au nord, l'autre au sud. La fratrie s'appelle régulièrement à la tombée du soir pour se parler de la pluie et du beau temps, des enfants et des petits-enfants. C'est répétitif et barbant, mais ça tient compagnie, surtout l'hiver quand le jour tombe si tôt et que les heures creuses et froides s'étirent en fin d'après-midi. Ils parlent tellement pour ne rien dire que je peux mettre les haut-parleurs et vaquer à mes occupations, en ponctuant mon ennui de « hum, hum ». Ça me fait toujours rire à la fin.

J'ai trois enfants : Isabelle, Séverine, et un garçon que j'ai donc prénommé Alexandre.

Mes grandes sont parties vivre loin. Isabelle s'est installée à Singapour avec son mari, Vincent, un type intelligent qui ne pense qu'au fric et qui travaille dans la finance, ça tombe bien. Séverine vit aux États-Unis avec Paul, un chef d'entreprise en surpoids qui dirige une société d'informatique et qui a beaucoup aidé Alexandre. C'est lui qui lui a dégoté son dernier job avec cette start-up qui stocke des tas de choses dans des nuages. Je n'y comprends pas grand-chose, et même rien, mais ce boulot est tombé à pic. C'était ça ou la rue.

Mes filles m'ont donné huit petits-enfants. Trois garçons et cinq filles.

Alexandre a quarante-trois ans, il est ingénieur. Je ne comprends pas ce qu'il fait dans son travail, mais c'est un travail important, et il gagne convenablement sa vie. Avec les filles au bout du monde, il est un peu tout ce qu'il me reste. Je suis heureuse qu'il ne se soit pas enfui lui aussi, même s'il aurait été préférable qu'il s'en aille loin à son tour après ça pour oublier. Mais au moins, dans tout ce malheur, j'ai la chance d'avoir gardé mon petit garçon avec moi.

Mes filles m'appellent une fois par semaine. On se voit sur ma tablette ; mes petits-enfants me font des sourires forcés et je ne comprends jamais rien à ce qu'ils me racontent, parce que ces chérubins parlent mieux anglais que français. Il paraît que c'est important pour leur avenir. Alors je fais semblant et je réponds par « très bien » à toutes les histoires que leurs parents les obligent à me raconter et je souris devant l'écran.

Ce monde moderne est paniquant.

Le jour du mariage d'Alexandre, je portais un tailleur fuchsia et une capeline assortie. J'ai pleuré quand j'ai emmené mon fils à l'autel.

Ma belle-fille se tenait droite, on aurait dit un cierge qui brûle. Sa robe blanche dessinait un V qui laissait voir son dos bronzé ; elle l'avait recouvert d'un châle crème pour la cérémonie et avait attaché ses cheveux blonds avec une couronne de fleurs. Ava avait fière allure et mon fils était beau.

*

C'est toujours pareil avec lui, j'ai un mal fou à le joindre. J'ai toujours peur de le déranger. Je ne sais jamais si c'est le bon moment. Si je ne vais pas le trouver dans une réunion importante ou en plein rendez-vous avec le docteur. Avec Alexandre, je marche sur des œufs. Mais il est gentil et il m'appelle quasiment tous les jours. Même s'il ne parle presque pas. Une fois par semaine, il passe me voir. Mon fils ne reste pas bien longtemps, accepte parfois de dîner ou m'invite carrément au restaurant en bas de chez lui. Il ne mange rien mais s'occupe toujours de l'addition ; moi, je m'occupe du menu et de la conversation.

Ce soir, c'est lui qui m'a téléphoné. Il s'est rendu dans une écurie tôt ce matin à Maisons-Laffitte où la petite Victoire, qui l'avait invité, s'est installée. Après toutes ces années, ça lui a fait plaisir de la revoir. Alexandre n'en revenait pas ; un cheval de course à l'entraînement, c'est une peinture de toute beauté, paraît-il. Ça tient du divin. Fascinant. J'ai fait l'étonnée en l'écoutant. Au fond de moi, j'ai jubilé que mon idée ait pris forme, que Victoire ait eu la gentillesse de le contacter et de le recevoir. C'est lors d'une promenade que l'idée m'est venue ; je me suis dit que renouer enfin avec les chevaux était peut-être la clé. Alors j'ai appelé Nicole au centre équestre et, malgré les années, elle ne nous avait pas oubliés, elle a passé le message à la petite. Ni vu ni connu. Épatant.

Je veux qu'Alexandre sorte et voie du monde. Qu'il en termine avec tout ça. Ce côté ours qui ne voit personne, cette solitude, c'est effarant.

Quand je pense à mon fils, je me dis certains jours que tout est foutu, qu'il ne se relèvera jamais. D'autres fois, heureusement, j'ai au fond de mon ventre de mère, de vieille mère, cette fichue espérance, la conviction que quelque chose peut encore changer après tout et le ramener enfin à la vie. La route ne peut pas s'arrêter là pour lui, à quarante-trois ans, tout de même.

Je me creuse la tête et je me fais du souci. Je dors très mal et c'est un euphémisme.

Bien sûr, je compte aussi sur la médecine.

Je me dis : « Élisabeth, il va y arriver ! »

Vous savez, je prie aussi beaucoup pour lui.

# 5

# Tony

Je ne veux pas que tu t'inquiètes, tu m'entends ? Je t'ai expliqué ce qui allait se passer. Tu retournes au bercail, tu vas changer de vie. C'est la loi des courses. On tire sur la corde, on presse le citron et quand il y a plus de jus, quand ça crache plus assez d'argent sur les hippodromes, on se débarrasse de son champion, on le refile à un centre équestre ou à une équipe de horse-ball. On s'apitoie pas sur son sort ; parfois même, on l'envoie à l'abattoir. C'est pas pour les sentimentaux, tu le sais, ce putain de monde sans pitié.

Toi, je te le jure, tu vas pas terminer en cheval de balade. T'inquiète pas, je te dis. Calme. Une bonne retraite t'attend !

On ne me retirera jamais ça de la tête. C'est à Hong Kong que tout a basculé, juste après ta mauvaise perf dans la Vase Cup, quand les vétos sont venus te chercher après l'épreuve. J'ai rien pu faire et je m'en veux. Ils sont fous, ces Chinois. Ils t'ont emmené dans ce box de force, parce que tu soufflais beaucoup après la course. Ils ont voulu te scoper. Endoscopie des voies respiratoires supérieures. Vérification des sécrétions dans la trachée, pour être sûr que tu ne saignais pas. Je sais que tu m'as cherché, gamin, je sais que tu as eu peur, que tu t'es pas laissé faire et que ces brutes t'ont blessé en t'enfonçant le tuyau dans les naseaux. C'est là que tout a changé, j'en suis sûr. T'es plus le même depuis ce jour-là, tu es devenu un autre cheval, l'ombre de ton ombre. Tu n'as jamais eu la carrosserie d'une Ferrari, mais le moteur, ça, oui. Gros cœur, t'es plus fait pour cette vie-là.

Tu vas voir, tu seras bien. Et tu m'auras plus sur le dos tous les matins !

Fini les voyages, tu vas pouvoir en profiter, faire des enfants.

Peut-être que tu vas aimer ça, devenir étalon.

Peut-être que tu vas y prendre goût, au sexe et à l'amour, et peut-être que tu vas nous faire une lignée de champions. Qui sait, un jour je conduirai peut-être un de tes fils en camion pour l'emmener sur un hippodrome.

Tu seras toujours avec moi, Magnolia.

# 6

# Alexandre

Il n'est pas le plus loquace des collaborateurs. Tout le monde l'a toujours trouvé étrange. Depuis qu'il a repris le travail, personne n'ose lui parler. On s'est habitué à ses absences répétées, depuis cette histoire.

Pour son dernier retour, Alexandre a bien senti les regards appuyés se poser sur lui, la compassion non dite, une main sur l'épaule, ces choses-là. Il a aussi senti l'agacement chez certains collègues devant tant de compréhension. Son responsable l'a conduit dans son bureau pour un bref entretien ; il voulait s'assurer que tout allait pour le mieux, qu'il avait récupéré, qu'il était en état de reprendre. Il a jeté un œil sur son certificat médical et l'a laissé regagner son poste sans un mot.

Taper des lignes, c'est son travail. Le langage informatique a cette vertu : il ouvre vers un autre monde, fait de 0 et de 1. Ça l'aide à ne pas penser au reste de sa vie.

Alexandre programme du matin au soir avec une batterie d'ingénieurs qui évitent débordements et démonstrations, communiquent par mail avec leur voisin, ou via la messagerie fermée de la start-up dans un silence de cathédrale.

La filiale française de ce service de stockage de données a ouvert, après celles de Londres et de Madrid. Le siège est situé dans la Silicon Valley, mais les frontières dans son métier n'ont plus beaucoup d'importance, tout est dématérialisé, abstrait, mondialisé. Il pourrait même ne pas venir au bureau, exécuter sa maintenance depuis chez lui, en télétravail, mais la filiale France n'a pas encore complètement basculé et maintient pour l'heure sa structure dans un immeuble bourgeois des Grands Boulevards. La direction est formelle. C'est important, le contact humain, pour le bien-être des salariés, la cohésion ; les réunions en présentiel, c'est la vie d'une entreprise. De toute façon, ce n'est pas la France qui décide, pas plus que Londres ou Madrid ; c'est San Francisco.

Alexandre s'en moque. Il n'a pas d'avis sur la question. Quand il s'installe devant son écran, il ne pense à rien d'autre qu'à ses lignes, qu'aucune panne ne vienne entraver le bon fonctionnement des machines stockées au bout du monde dans des entrepôts géants.

La programmation est une méditation.

Chose rare, ce matin, elle est parasitée par des hennissements, le galop des pur-sang, l'image d'un ciel qui tourne.

Quarante-huit heures après, il est hanté par sa visite. Depuis quand ne s'est-il pas senti aussi bien ?

Le soir, quand il est rentré chez lui, Alexandre était très excité. Il a mis la table et préparé le repas pour sa famille. Il a raconté son excursion, ses retrouvailles avec Victoire et le spectacle des pur-sang à l'entraînement sous les premières lueurs, le galop sur l'herbe humide, et la proposition que lui a faite Sophie de venir essayer de monter à l'écurie samedi pour découvrir au plus près cet autre monde.

Trois ans qu'il n'a plus approché un cheval.

Il était ému.

Lorsqu'il a éteint la lumière, quand il s'est retourné dans son lit, des larmes sont venues.

Cette proposition l'affole.

A-t-il le droit de remonter après tout ça ?

Bien sûr, il n'est pas question de retourner au centre équestre.

Non, juste de remonter pour voir déjà dans un premier temps.

De renouer avec son cœur.

En sera-t-il seulement capable ?

Il aimerait que sa femme puisse choisir à place.

Que lui dirait-elle vraiment, si Ava pouvait ?

La maison dort.

Au moins son père se tait.

# 7

# Élisabeth

C'est donc ça, la vie, il n'y a plus de témoin à la fin. Je ne philosophe pas, je constate. Je devine pertinemment que si j'en venais à disparaître demain, personne ne pourrait plus parler d'Alexandre. Ni ses sœurs exilées, ni le reste de la famille, car qui d'autre que sa mère a vécu au plus près toute cette histoire ? C'est bien pour ça que je compte résister encore un peu au temps qui passe, à cette saloperie de fatalité, et rester de ce monde pour être là le jour où mon petit garçon reprendra le dessus. Je le jure en m'endormant : je ne partirai pas d'ici tant que je n'aurai pas vu mon fils vaincre ses fantômes et revenir dans la vie.

J'ai tout essayé pour le persuader d'avancer, mais que voulez-vous, il ne veut rien entendre. C'est vrai qu'une mère peut en faire, des choses, pour son enfant. Écouter, consoler, absorber, et même tuer j'en suis sûre, mais là, je suis à court d'imagination. Peut-être que cette histoire de chevaux est une piste. Les chevaux ont toujours réussi à Alexandre et je leur en sais gré.

Enfant, ils l'ont même sauvé. Je crois qu'on peut dire ça. Petit, il était très dur à canaliser et je dois bien l'avouer, j'en ai bavé. Personne ne s'en sortait avec lui. Sauf à la maison : là, c'était un ange. Enfin, il jouait des heures dans sa chambre, seul. Il jouait peut-être à se faire oublier.

J'ai vite compris que quelque chose clochait. À l'école, c'était infernal pour tout le monde. Alexandre ne travaillait pas, ne s'intéressait pas, ne retenait rien, était aux abonnés absents. Les professeurs étaient unanimes : il refusait d'apprendre, subissait en s'agitant sur sa chaise sans prendre la moindre note en cours. Heures de colle, menaces de redoublement, mots sur le carnet de correspondance, bagarres dans la cour de récréation… Le parfait cliché du cancre, dont très vite plus aucun professeur n'a eu envie de s'occuper.

Je me suis arraché les cheveux pendant des heures à le faire travailler, redoutant le moment où son père allait rentrer, prendre la relève, jeter un œil sur ses résultats, et monter en pression.

Car pour Joseph, avoir un fils qui ne foutait rien, qui n'arrivait à rien, c'était l'humiliation suprême, aussi impossible qu'incompréhensible, d'autant que ses sœurs ne posaient aucun problème et suivaient une scolarité exemplaire. Alors ce dernier-né, ce fils à la traîne, c'était pire que la mouche dans le lait, c'était une tare qui entamait sa réputation. Personne ne devait savoir qu'Alexandre était ce genre d'enfant.

J'ai tout essayé pour faire paravent, pour cacher la misère à son père, et mettre mon fils au travail. J'ai même vu tout un tas de médecins, jusqu'au jour où une énième psychologue m'a conseillé d'essayer de le mettre à cheval. Oui, à cheval. J'ai trouvé ça étrange, et un centre équestre à une demi-heure de notre lieu de vacances. J'y ai emmené Alexandre, un après-midi d'été. C'est là qu'il a rencontré cette femme, Nicole, dure, ferme, exigeante, patiente, la mère de Victoire, et c'est là qu'une page de sa vie s'est tournée. Je l'ai vu.

L'équitation l'a redressé, cadré, métamorphosé. Mon fils est devenu plus attentif, plus doux aussi, moins nerveux.

En quelques leçons au milieu d'une carrière sans prétention, Alexandre s'est transformé.

Quand j'y pense !

Son père n'est pas allé le voir au manège une seule fois pour l'admirer un peu, l'encourager, s'intéresser, ni même fait semblant. Pas plus quand cette activité est devenue sa passion. Joseph n'a jamais voulu entendre parler de ces bestioles, et encore moins essayer d'accompagner son fils à ses compétitions de saut d'obstacles. Alexandre a vite progressé. À quinze ans, il enchaînait les concours hippiques, les résultats, et s'approchait à grande vitesse du haut niveau. Tout le monde le disait : il avait un don et pouvait prétendre à plus, pourquoi pas une sélection en équipe de France.

Un jour, à table, Alexandre a pris la parole pour nous annoncer qu'il envisageait sérieusement d'arrêter les études pour se lancer. En faire son métier, enseigner, et pourquoi pas avoir un jour son affaire, un centre équestre, c'était son rêve.

Joseph s'est décomposé. J'ai cru qu'il allait s'étouffer et tuer mon fils. Des années après, le coup de fusil de cette phrase résonne toujours.

— Jamais de la vie, tu m'entends ! Jamais ! Tu ne vaux rien et encore moins qu'un garçon d'écurie. Tu vas te retrousser les manches, te mettre un coup de pied au cul, et tu vas passer ton bac et décrocher un vrai métier, compris ?

Tu ramasseras le fumier après tes études si ça te fait plaisir et quand tu auras une vraie situation. Ce n'est pas une vie pour toi. Commence par apprendre à lire et à compter… Les chevaux, non mais je rêve ! Un centre équestre ? Et puis quoi encore, un élevage de poneys ? Tu n'as vraiment aucune ambition, mon pauvre ami. Qu'est-ce que les gens vont penser de moi avec un fils garçon d'écurie ? Je suis professeur d'université ! Tu penses un peu aux autres ?

J'ai dû les séparer quand ils en sont presque venus aux mains.

Alexandre n'a plus parlé à son père après ça. À chaque bulletin scolaire, Joseph ne manquait jamais l'occasion de l'insulter, de le traiter d'ignare, d'ignare et de débile, de bon à rien, en lui promettant de toute sa morgue un avenir de palefrenier. J'en étais malade.

Sarcasmes, cris, colère. Sainte trinité de la maltraitance. Mamelles de l'enfer. Joseph l'humiliait.

Mon mari était un universitaire reconnu et admiré qui ne jurait que par le savoir et la connaissance, et sous une certaine retenue, un flegme de surface, sourdait une montagne de violence. Les mauvais résultats d'Alexandre réveillaient chaque fois cette colère qu'il lui épargnait en public.

Naturellement, en public, monsieur s'appliquait à jouer les pères aimants et attentionnés pour soigner son image et ne laisser planer aucun doute.

Alexandre s'est soumis. Il a fini par renoncer à son rêve tout en continuant à monter régulièrement, chaque semaine, pour le plaisir. Obéissant et résigné, il est resté sous les radars de ce que mon mari qualifiait de réussite. Exigeant, cassant, Joseph était toujours sur son dos.

Alexandre se passionnait aussi pour l'informatique.

Ah, les machines ! Cet enfant parlait couramment aux chevaux et aux ordinateurs.

Résultat des courses, il n'a pas eu une grande école, juste décroché un DUT, suffisant pour une porte de sortie honorable, qui au moins nous rassurait. Et puis avec le développement d'Internet et tous ces trucs étonnants, Alexandre a vraiment pu se lancer dans la vie active.

Il avait déjà quitté la maison depuis quelques années quand il a rencontré Ava. C'est elle qui a mis le holà avec Joseph.

La présence de son père pesait encore bien lourd sur ses épaules quand il l'a rencontrée.

C'est que ça peut durer une vie, ce genre de chose. Vous voyez ? Bref, cette femme fut une bénédiction pour lui.

L'amour qu'il avait pour elle l'a remis au monde. Je dois bien avouer : ma belle-fille l'a fait homme.

Une femme, un travail, une maison. L'essentiel.

Je peux, au soir de ma vie, l'affirmer : les chevaux et l'amour d'une femme ont réparé un peu mon enfant.

C'est après que la vie est venue tout gâcher.

Voilà ce que j'ose me dire ce soir et vous confier.

Les chevaux sont parvenus à le sauver au moins une fois.

Seront-ils capables de l'aider à surmonter tout ça ?

Mon Dieu, j'aimerais tellement, mais je n'y crois pas.

# 8

# Tony

Et voilà, putain. Six cents bornes aller-retour. Cheval déposé. Mission terminée. RAS. Retour à la maison.

Igor ? C'est Tony ! Tu es où ? Igor ? Oh hé, le lézard ? Quel bordel ici, c'est sinistre. Une maison si vide. Quand je l'ai achetée, c'était pour la femme et les enfants, la famille. Ah ! La famille, tu parles d'un projet.

Je pourrais quand même me bouger le cul depuis le temps. Au moins faire le ménage de temps en temps. Dehors, le jardin, c'est la forêt vierge, et à l'intérieur, le désert.

Quand je pense qu'avant de tout vendre, entre le canapé, la table basse et la table à manger y en avait dans les vingt mille. C'est vrai qu'à l'époque j'avais les ronds. Je changeais de bagnole comme de casaque. Les courses, ça rapportait assez pour bien vivre, j'étais un prince en province.

Là, j'ai à peine de quoi me payer un paquet de clopes.

Qu'ils aillent tous se faire foutre !

Heureusement que tu es là… Igor ! Montre-toi, merde, à la fin !

J'ai pas eu une journée facile. J'ai ramené Magnolia au haras.

Igor ? T'es parti faire les courses pour remplir le frigo ? Je plaisante… Il est cradingue, lui aussi. Et y a rien dedans. Mais je m'en fous. Je boufferai mieux demain à l'hippodrome, avec les autres garçons de voyage et les lads. Ce soir, on va manger liquide.

Elle est loin, la splendeur du jockey triomphant le dimanche sur les champs de courses, hein, Igor ? Disparues, les belles bagnoles et les nanas faciles !

Pas grave, la diète, ça me connaît. Quand tu montes en course, tu grailles rien.

Une feuille de salade par-ci, une feuille de salade par-là. Le poids est une obsession et la balance un enfer. Tu bouffes, tu te fais vomir, tu bois de l'eau, tu élimines, tu maigris le plus possible pour défendre au mieux tes chances et si tu tombes et que c'est grave, c'est mieux pour l'opération de rien avoir dans le bide. Si tu t'es laissé aller, tu te tapes un bon sauna pour maigrir et peser juste à l'heure de la course.

Mon corps en a vu d'autres. Ce n'est pas un frigo vide qui va m'impressionner.

Igor, putain !

J'ai fait les comptes : j'ai pas dormi dans mon lit depuis… J'ai pas la force de monter dans ma chambre. Le canapé, c'est parfait. La couverture, les coussins, tu parles d'un naufragé. C'est mon radeau.

Quand même, c'est pas si mal de rentrer chez soi. Bon, Igor, je te raconte ou pas ?

Tu as encore attaqué les prises électriques ! Saleté de lézard ! Mais qu'est-ce qui m'a pris de t'adopter !

Donc j'ai ramené Magnolia. Tu me connais, j'ai horreur des adieux. Je l'ai sorti du camion, je l'ai rendu au haras, et basta, je suis parti sans me retourner. Je l'ai entendu m'appeler, hennir un grand coup. Il avait l'air triste ; moi, je l'étais. Chienne de vie. Tu vois, en trente ans de métier, j'en ai croisé, des cracks, et c'est le premier qui m'a fendu le cœur en mille morceaux. Il me manque déjà.

Il n'y a rien dans cette télé pourrie. Je crois que je vais m'écrouler direct, je n'ai même pas la force de prendre une douche. Ça me ferait du bien pourtant. J'ai mal à la gorge, j'ai mal au dos, je suis rouillé, putain… J'ai le cafard, Igor, et je ne devrais pas, ça ne sert à rien, faut accepter. Je le sais. La vie d'un cheval de course en activité, c'est trois, quatre ans, parfois plus, une poignée de secondes. Toi, tu comprends ; t'as vécu cette histoire. Notre histoire.

J'ai jamais été nostalgique, j'ai toujours tout accepté, tête baissée et dents serrées. Mais là, le blues du garçon de voyage, j'avoue, il est salé.

Il me faut du whisky. Igor, où est ma bouteille ? Ah, la voilà.

Igor, écoute ça. Je crois que cet enregistrement, tu l'as jamais entendu. Et même si tu l'as déjà entendu, tu vas me faire le plaisir de l'écouter avec moi, hein ? Tu veux bien, mon pote ?

Ho, le lézard, tu écoutes ?

« J'ai arrêté de monter en course le 16 novembre 2012. Ça devient quoi, après, un ancien jockey ? Entraîneur ? Suis trop honnête et pas assez diplomate pour ça. Se coltiner les propriétaires et les problèmes de personnel, merci bien. Un entraîneur, c'est quoi ? Une girouette cernée par les emmerdes de fric, de bourrins mal en point, écrasée par la pression des résultats. Un entraîneur, c'est un gars qu'a pas de vie, qui dort pas, qui se lève tous les matins avec la boule au ventre, en se demandant quelle merde va lui tomber sur la tronche. Quel cheval va lui péter entre les doigts, quel lad va lui flanquer sa démission et partir en claquant la porte dans une autre écurie en s'imaginant que l'herbe est plus verte là-bas. Un entraîneur, ça vit pour la clameur des tribunes, l'ivresse de la victoire et l'argent.

Je n'ai pas l'âme d'un chef d'entreprise et la place pour deux ulcères à l'estomac. Je suis d'abord un cavalier. C'est ça que je me suis dit : un homme de cheval, alors quand il a fallu que j'arrête de monter en course, et que je recycle ma vieille carcasse, je suis devenu garçon de voyage.

Convoyeur.

Le gars qui emmène les canassons aux courses, qui les embarque dans son camion à 4 heures du matin, qui traverse la France incognito de long en large pour une réunion. Convoyeur de champions vers les hippodromes. Je n'y avais pas pensé avant.

Quand les médecins m'ont dit que c'était fini pour moi, les courses, trop d'accidents, trop de fractures, que j'étais plus en état, que mon corps suivait plus, il a bien fallu que je trouve une solution. Je pouvais pas décrocher ; c'était toute ma vie. J'ai saisi l'occasion. Tant pis pour l'argent, la notoriété. J'ai dit au patron :

— Je suis la personne qu'il vous faut.

Ça l'a fait tout de suite avec M. Ivanov. Je sais inspirer confiance. Je connais mon métier. Et puis avec cent vingt pensionnaires, c'était pas le boulot qui manquait. Il a très vite compris mon utilité. Un jockey bousillé aux trois mille courses, ça pouvait que lui servir. Je n'ai jamais compté mes heures ; jamais. Je suis un bosseur, à l'ancienne, à la dure. Depuis mes seize ans, je travaille dans une écurie. C'est ça, les fils d'ouvriers, les enfants de prolos. J'ai vu mes parents trimer à l'usine et faire des extras les week-ends pour nous payer des jouets à Noël, et m'offrir un jour des cours d'équitation dans le centre équestre d'à côté. Mes parents, ils se sont saignés pour me payer ça. Et quand j'y pense, quand je comprends les efforts et ce qu'ils m'ont donné, j'ai envie de hurler, tellement mon cœur, il brûle.

Quand je suis arrivé chez M. Ivanov, j'ai vite compris le problème. Un entraîneur, il n'a pas forcément la capacité de tout voir. Moi, j'avais ma longue-vue. Ce sixième sens. Y avait un paquet de bestiaux qui ne servaient à rien, parce que les gars qui les montaient ne s'en sortaient pas. Un paquet de carnes difficiles dont personne ne voulait, et que tout le monde négligeait. C'est là que j'ai eu l'idée. Je lui ai dit, au patron :

— Les compliqués, je m'en charge, c'est pour moi, vous me les laissez. J'en fais mon affaire, OK ?

Il a haussé les épaules et m'a mis au défi.

Quand je n'étais pas sur les routes, quand j'étais pas garçon de voyage, j'étais cavalier d'entraînement. Kamikaze de service.

Oui, plus qu'un bon jockey, je suis surtout un bon cavalier. Je peux dresser un cheval. En course, même si j'ai mené ma barque, je n'ai jamais fait partie de l'élite. Un bon jockey sent, prend la bonne décision au bon moment, pousse à la perfection son cheval dans la dernière ligne droite. Dans la ligne droite, je ne fais pas la différence ; un crack jockey, si.

Mais j'ai ce ressenti-là. Celui des petits matins au levant. Surtout avec les cas, les psychos, les pur-sang impossibles… J'ai ce ressenti-là, cette chose qui ne s'explique pas. »

Igor ? Ah ! Te voilà enfin, vieux lézard. Tu m'écoutes ou quoi ?

# 9

# Élisabeth

Vous voyez, depuis trois ans, c'est toutes les nuits la même chose. Je m'endors une heure ou deux et boum, j'ouvre un œil, impossible de me rendormir, ça tourne dans ma tête et je cogite une bonne partie de la nuit. Je me fais un sang d'encre pour lui et même si je prends souvent des cachets avant de me coucher, rien n'y fait. Enfin si, je somnole, vaguement. Je somnole et j'attends que mon fils revienne à la vie. C'est long, vous savez, trois ans.

Je vais vous avouer quelque chose. Parfois, je me lève, j'allume une bougie et j'entame mon cérémonial.

Alexandre me manque, j'aimerais être davantage là pour lui, qu'il se repose sur sa vieille mère, qu'il vienne dormir près de moi, que je lui offre mes dernières forces et le peu de courage qu'il me reste pour qu'il se redresse.

Je n'ai rien d'autre à ajouter.
Ah si : priez pour nous.

# 10

# Tony

Chienne de solitude. Combien de fois j'ai fait semblant d'aimer pour ne pas dormir seul ? Combien de fois j'ai aimé vraiment ?

Je m'en pose, des questions, mon lézard... Igor, où es-tu caché ? C'est pas vrai ! Ah, te voilà ! Écoute-moi : pourquoi chaque fois, j'ai eu peur et j'ai perdu ?

Aimer, c'est ce qu'il y a de pire, je crois. C'est prendre le risque de perdre. L'amour, ça, c'est dangereux, bien plus qu'une course de plat ou d'obstacles.

À la tienne, Igor ! Ce sky me monte à la tête... Rien dans le ventre depuis trois jours, aucun courage de préparer quoi que ce soit. De toute façon, t'as vu, y a rien !

Je suis pas bourré, non, pas encore, j'ai mal. J'ai pas aimé cette journée. Viens, mon pote, viens, on va se faire un câlin antidouleur, un truc qui console, personne ne nous regarde. Il me manque, ce salaud de cheval, je ne peux pas t'expliquer, tu ne peux pas comprendre. Tu m'entends, au moins ? Un lézard et un garçon de voyage, regarde, on est beaux, mon copain. Si on parlait d'amour ? Je plaisante.

Les femmes, on a fait le tour. On est perdus sans elles, on leur en veut, et on les fait toujours payer à la fin. Surtout moi.

C'est pas le sujet.

J'ai peur tout d'un coup… Igor, j'ai la trouille. Qu'est-ce que j'ai pas fait pour exister ? Pour être aimé un peu ? Pour qu'on me remarque ? J'ai risqué ma putain de vie à chaque course et regarde ! Il est beau, le résultat ! Vieux jockey cassé de partout, chauffeur solitaire. Seul, seul, seul.

Enfin, avec toi, Igor.

Magnolia m'a rendu au centuple le peu que je lui ai donné. Cheval impossible… J'ai envie de mourir… Va me chercher mon fusil, Igor, la carabine de chasse. Le canon sous le menton. Boum !

Je suis triste, ça arrive. Et révolté depuis tout ce temps. Du temps où je montais en course, l'adrénaline calmait le jeu, mais depuis la fin, depuis cette retraite forcée, dans mon ventre, c'est la tempête. J'ai jamais connu autre chose que cette violence, finalement. Même Céline, elle a rien vu. Même Céline, elle a pas su dompter ma révolte. La mère de mon enfant n'a jamais su qui j'étais.

Magnolia, si.

On arrête ou on continue ? Je me ressers un verre. Igor, vieux machin, tu sais s'il reste des glaçons au fond du congèle ?

On en était où, déjà ? Quel con, ce portable ! Je vois plus rien… Ah, voilà.

« … Mais j'ai ce ressenti-là. Celui des petits matins au levant. Surtout avec les cas, les psychos, les pur-sang impossibles. Cette chose qui ne s'explique pas.

Y a pas de recette. Patience, écoute, amour et dévotion. C'est tout. Chaque cheval a son histoire, chaque cheval est différent. Et j'ai horreur de l'injustice. J'aime pas qu'on condamne un bourrin parce qu'on s'en sort pas avec. J'aime pas la fatalité, j'aime trouver des solutions.

À moi les sans-bouche, les qui cassent tout dans leur box de colère et de rage, de peur surtout. À moi, les indomptables. Je suis devenu le spécialiste des pur-sang contrariés. Chris de Beaumont, Genola, Sherking, tu ne pouvais pas leur monter sur le dos, tu pouvais à peine rentrer dans leur box. Ils viraient les mecs les uns après les autres, tout le monde se chiait dessus et, sur un hippodrome, souvent ils n'avançaient pas.

Pourquoi moi je parvenais toujours à les transformer en gagnants ? Parce que je prenais le temps de les regarder, d'être à poil et poli avec eux, d'essayer de les comprendre, de les rassurer, de leur redonner confiance et le moral aussi. De les observer pendant des heures au paddock et de parler avec eux. Tant pis si les autres se foutaient de ma gueule et me prenaient pour un dingue. Ces trois-là, je les ai métamorphosés, et j'ai gagné mes galons dans l'écurie. C'est vrai, j'ai toujours aimé plaire, toujours voulu qu'on dise : "Tony, c'est un mec bien ; Tony, il réussit l'impossible." Enfoiré de besoin d'être aimé.

La première fois que je l'ai vu, j'arrivais de Clairefontaine. Il n'était pas particulièrement beau, taille standard, 1,67 mètre au garrot, robe commune, baie, pas de liste, pas de balzane, aucun signe extérieur de richesse, mais j'ai vu tout de suite dans son regard, dans son œil noir, la dureté, la tenue, la longévité. L'avenir. Ce regard. Ce type de connexion, c'est de la magie pure. Je n'ai rien dit, j'ai laissé les gars s'en mêler, et j'ai regardé le massacre.

Magnolia avait peur des autres. Le matin à l'entraînement sur les pistes, c'était un festival. Il coupait la route, tapait, piquait des sprints pleins d'écume et de stress, se retrouvait trois lignes plus loin, sur une autre piste, se retournait, se cabrait, et surtout, il était le champion des demi-tours au départ, une pirouette et tout le monde descend. Le bordel.

Et l'après-midi ? Rien. Ses trois premières courses, trois naufrages.

Quand je l'ai repris en main, Magnolia avait déjà presque quatre ans. On m'a dit : "Tony, celui-là, il est pour toi, on ne s'en sort pas. Fais vite ou il repart d'où il vient, ce con."

Un fou le matin, une 2 CV l'après-midi. La première fois que je me suis retrouvé sur son dos, j'ai tout de suite compris qu'on irait loin, lui et moi.

Très loin, mon gamin. »

# 11

# Élisabeth

J'aime cette église, la nef et ses bas-côtés, le chœur, la façade à l'ouest, l'autel vers l'orient, les vitraux et le chemin de croix. Ce silence, ce froid qui réchauffent l'âme. Je viens m'y asseoir le plus souvent possible, parfois pour ne rien faire, souvent pour prier. Je repense à la vie et je parle à nos morts. J'interpelle Dieu, devant le Christ en croix. J'ai des conversations avec l'infini et demande à l'au-delà d'attendre.

Je suis croyante depuis toujours. Je n'ai jamais douté que, d'en haut, une autre force nous regarde. J'aime les messes et les rituels, l'Évangile et les textes sacrés ; moins les curés, que j'ai toujours trouvés inégaux. Le prêtre de cette paroisse est différent, c'est un orateur-né. Quand je viens l'écouter, je suis hypnotisée par son charisme, la force qui se dégage de sa voix assurée.

Parfois, ma vie défile devant moi. Mes premiers souvenirs remontent : l'ombre de mon père, les traits fins de ma mère, son mutisme. La main de Joseph me saisit et je la chasse ; ma belle-fille me chuchote quelques mots à l'oreille.

Je prie pour Alexandre et pour notre famille, pour le vivant et les morts, mes chers disparus. Je laisse parfois encore échapper quelques larmes. J'ai tant pleuré que je n'en ai presque plus, mais mon chagrin demeure.

Je passe toujours une tête au cimetière, j'entretiens les tombes des anciens, de ceux que j'aimerai toute ma vie et même après, j'en suis sûre. Parfois, je crois qu'il est là ; je pense reconnaître la silhouette de mon fils. Mais ce n'est jamais lui, ce n'est jamais Alexandre qui marche le long des allées et s'arrête au hasard pour prier et écouter nos défunts. Alors je m'y sens seule, seule à en crever. Mais je ne peux pas mourir. Je dois vivre encore sous la magie du ciel et y croire. Quand, après avoir déposé un bouquet sur les tombes, le poids du monde m'écrase un court instant, alors je me redresse, lève la tête, souris aux anges et je continue d'espérer.

*

Je dois encore avouer quelque chose. Quelque chose dont je ne suis pas fière, mais entendez le désespoir d'une mère. J'ai pris une mauvaise habitude : certains soirs, j'appelle un taxi et je pars rôder en bas de chez lui. Je demande au chauffeur d'attendre dans la rue de son immeuble, et je sors marcher incognito pour tenter de savoir ce qu'Alexandre fabrique. Quand il y a de la lumière, je me surprends à imaginer qu'une autre page va s'écrire, qu'il va peut-être se passer quelque chose de doux dans sa vie. Planquée derrière l'horodateur, je croise les doigts, pour apercevoir une autre présence.

Donc, hier, j'y suis retournée pour voir. J'ai craint d'être démasquée ; je n'ai pas fait attention, je suis passée devant le troquet d'en bas, dans cet estaminet où nous avons nos habitudes, mon fils et moi. Alexandre était là. Il dînait seul à une table. Une table pour trois. Et j'ai compris qu'il avait remis ça. Il avait commandé pour tout le monde, sa femme et l'enfant. Le serveur avait disposé les assiettes pour toute la famille.

J'ai attendu qu'il termine. Il a réglé l'addition et il est sorti sans se retourner. Mon cœur s'est fissuré. J'aurais voulu me jeter sur lui, le prendre dans mes bras, le serrer le plus fort possible et puis le secouer, l'engueuler. Lui dire que ça suffisait, qu'il était temps d'arrêter ce genre de cérémonial macabre, ces dîners de fantômes, ces conversations imaginaires ; qu'il était temps d'accepter qu'elle ne reviendrait pas et le raccompagner, le consoler dans l'ascenseur, le calmer, lui donner ses médicaments, le déshabiller, lui passer son pyjama, le border, attendre que la crise passe et prier pour que tout ça s'en aille. Qu'il ne retourne pas à l'hôpital pour un énième séjour chez les fous, où d'autres âmes perdues parlent à leurs absents, les espèrent et les pleurent à se cogner la tête contre les murs, tentent de mourir pour les retrouver, et finissent assommées par les médicaments à sombrer dans une paix de surface qui ne dure pas.

Je n'ai rien fait. Je n'ai pas pu sortir de ma misérable cachette. J'ai eu trop peur devant l'ombre d'Alexandre. J'en suis restée tétanisée.

Une image a fini par venir m'apaiser. Le jour du mariage de mon fils, j'ai levé mon verre aux mariés, j'ai porté un toast à la santé des amoureux. Je crois que c'est la dernière fois que j'ai croisé le bonheur ; l'insouciance aussi. La dernière fois que j'ai vraiment aimé cette vie.

J'aurais préféré un divorce. Que ma belle-fille s'en aille, le quitte pour un autre avec son enfant sous le bras. J'aurais préféré ce genre de drame ordinaire, et tant pis si ça m'aurait rappelé ce que je n'ai pas su faire quand mon heure est venue. Partir. J'aurais sûrement ramassé les morceaux, là aussi, et alors ? Ça aurait eu l'air d'une promenade de santé à côté de ce qui nous est tombé dessus.

# 12

# Tony

Tu vois, Igor, je pense à lui à cause du fusil dans l'armoire. Il est là, bien caché. Je pourrais me lever de ce foutu canapé, ouvrir la porte, le sortir, mettre une cartouche de calibre 12, et hop, sous le menton. C'est mon père qui me l'a donné. Après la dernière sérénade. Le soir où j'ai bien cru qu'il allait la tuer et qu'il est rentré dans ma chambre avec.

— Prends ça, mon coco, prends le fusil ou je risque de m'en servir un jour pour brûler ta mère.

Il lui a mis sur la gueule, un paquet de fois, à ma mère, quand j'étais môme. Un jour, alors qu'elle hurlait dans la baraque et s'était enfermée dedans à double tour, mon père a cassé toutes les vitres de la maison une par une, il l'a attrapée et l'a tirée par les cheveux, en gueulant. Elle avait un trou sur le crâne, après ça, et lui des mèches de cheveux entre les doigts.

J'ai vu ma mère prendre des raclées et en baver toute ma jeunesse. J'avais trop peur du vieux pour m'en mêler. Peur de ses mains d'ogre, larges comme des battoirs ; quand elles vous cognaient, elles vous laissaient pour mort sur le sol.

Peur de sa respiration, de sa voix. Trop peur pour la défendre, cette mère terrorisée. Je me pissais dessus en entendant ses cris. Elle se réfugiait dans sa chambre, rampait sous son lit pour se cacher et lui échapper.

Et moi, la tête sous mon oreiller, je faisais tout pour ne pas l'entendre, et restais impuissant face au massacre.

Il était fêlé, mon père. Son obsession, c'était de se faire respecter, mais pas par les mots, par les coups. Il voyait pas la vie autrement. Et surtout il buvait. C'était partout, c'était tout le temps. En voiture, c'était la même chose ; un gars lui coupait la route, et vlan ! il descendait et l'allongeait. Tant pis si le client avait trois têtes de plus que lui. Au contraire, ça l'excitait.

Je suis parti de chez moi à quinze ans pour fuir ses coups et parce que je cherchais du boulot pour me payer une mobylette. C'est lui qui m'a lancé avec un air de défi : « T'as qu'à travailler, mon coco. Qu'est-ce que tu crois ? Qu'on est chez les bourges ici ? »

J'ai ouvert le journal du coin et j'ai vu qu'on recrutait dans une écurie de course. Payé le Smic pour nettoyer les box. C'était à une vingtaine de bornes de chez moi. J'y suis allé à vélo et j'ai été pris.

J'ai tout de suite été impressionné par la beauté et la propreté des lieux. Soixante pur-sang alignés dans des stalles flambant neuves, ça vous en bouche un coin. Je ne savais pas que cet été-là allait changer ma vie pour toujours. L'équitation, c'était juste ma passion ; j'avais en tête de devenir boucher, j'étais inscrit en CAP, je trouvais ça classe, boucher, le travail de la viande, la découpe, la préparation, les clients. Avoir ma boucherie, c'était ça, mon rêve à l'époque. Et puis ce boulot a tout changé. Le contact avec les pur-sang m'a électrisé. J'ai eu l'impression d'être téléporté dans un autre monde. Les pur-sang m'appelaient. J'allais être utile. J'allais toucher le Smic pour être au plus près des seigneurs, avoir le droit de les caresser, l'honneur d'en prendre soin. Ça me changeait du centre équestre, du manège et des promenades.

J'étais corvéable à merci. Je me tapais l'entretien des cuirs à la brosse et au savon, le fumier, la préparation des repas, l'odeur du mash pour le soir, les soins. Je lorgnais sur les pistes de galop, sur les gars qui partaient à l'aube à l'entraînement. Mon cœur battait fort chaque fois.

Un matin, alors que je m'y attendais pas, le patron m'a convoqué dans son bureau pour m'ordonner d'aller préparer un cheval. J'allais monter avec les autres. Je n'en suis pas revenu ! J'ai senti mon ventre se tordre, de plaisir et d'appréhension. Une fois en selle, le plaisir a tué la peur. La vitesse du premier galop m'a électrisé, la forêt au petit matin m'a ouvert les bras et tant pis pour le froid qui vous glace le sang, le ventre troué, j'ai pu leur prouver que j'étais capable de maîtriser un fauve de quatre cents kilos.

Le soir, je dormais enfin, épuisé, je m'écroulais tout habillé sur mon lit, loin de la violence et des sanglots de maman.

Quand mon patron a convoqué mes parents, seule ma mère a fait le déplacement pour l'entendre. J'avais un don, j'allais monter en course, j'avais le potentiel pour devenir jockey et gagner. Quelqu'un croyait en moi pour la première fois. J'ai vu ma mère pleurer de fierté et de frousse en me voyant partir pour les hippodromes. Les courses parlent peu des hommes qui risquent leur vie dans les pelotons, en équilibre à toute allure sur leur pur-sang. Personne s'intéresse vraiment à leur histoire, et tout le monde ignore le plus souvent le prix à payer pour gagner.

J'ai attendu d'avoir dix-huit ans pour les explications. Ce jour-là, mon père m'a tendu un briquet, un Dupont en or hérité du sien, en me disant que j'étais en âge d'en prendre soin à mon tour. Il me le confiait. J'ai refusé le cadeau, en lui promettant de l'accepter le jour où il ne la battrait plus. Les cris ont cessé de pleuvoir, les coups aussi enfin. Mon père est devenu un agneau au bras de sa femme presque du jour au lendemain. Je n'ai jamais compris comment il avait fait avec la violence pour l'éteindre, ni comment ma mère avait pu accepter de lui pardonner ces dix ans en enfer.

J'étais déjà loin. J'étais devenu jockey. Je gagnais des courses.

J'avais cette rage et les poings levés.

Igor, j'ai faim… Et j'arrête pas de chialer.

# Deuxième partie

# 13

# Alexandre

Depuis deux jours, il ne pense qu'à ça.

Depuis deux jours, tout remonte.

Le souffle des chevaux sur la piste l'a réveillé, il a ramené Alexandre à l'enfance, au temps lointain de sa jeunesse, quand il les fréquentait, les comprenait.

Il avait ce fluide, sans force ni contrainte, il avait la logique équine dans le sang. En apprenant à les monter, Alexandre s'était mis à penser comme eux. Il leur ressemblait. Les chevaux ne mettent pas de frontière entre leurs émotions et leurs actions, ils cherchent avant toute chose de la cohérence chez un partenaire. Alexandre avait compris très vite qu'un cheval calme et confiant, qu'une monture courageuse appelait un cavalier calme, confiant et courageux. Une bête de quatre cents kilos est le miroir de celui qui la chevauche. Elle peut le tuer d'un coup ou le sauver. Ce qu'un cheval apprend doit s'appliquer à celui qui le monte en premier. Avec lui, on travaille d'abord sur soi ; l'âme, le corps et l'esprit.

Adolescent, Alexandre craignait de prendre sa place d'homme. À cheval, il en devenait un, savait parfaitement rassurer l'animal qui vibrait entre ses jambes et dompter ses peurs. À terre, le monde des adultes lui paraissait menaçant et stupide. En rentrant chez lui, il le constatait en observant ses parents. Deux ombres. Ils s'éteignaient dans une rancœur sourde et violente, tout en laissant croire au monde extérieur que l'amour demeurait bien vivant, que le bonheur était là, dans cette maison, alors qu'à l'évidence il avait déserté.

Il le sentait : il était le fruit de la dissimulation des sentiments, de l'amour mort et des cendres. Il était le fils d'une unité de façade, de la peur du changement et de la lâcheté, de l'immobilité. Il avait beau tout avoir et ne manquer de rien, il était assoiffé de tout.

Alors que l'anxiété et la méfiance le poursuivaient, il ne trouvait l'apaisement que sur leur dos.

Aucun cheval n'accepte pour chef quelqu'un qu'il ne respecte pas. À leur contact, il était calme et confiant, et obtenait d'eux et leur cœur et leur esprit.

Loin d'eux, c'était l'inverse : à l'école ou avec son père, c'était pire que tout.

Il a voulu faire les choses bien, mettre les petits plats dans les grands pour leur annoncer la nouvelle. Alexandre a appelé Ava et lui a laissé un message sur son répondeur. Ce soir, pas de dîner à la maison, ce soir, c'est fête, restaurant !

L'excitation est palpable.

Il repassera les chercher, en sortant du travail, et ils descendront dîner au restaurant d'à côté.

*

Ce n'est pas un grand restaurant. C'est un bistrot charmant, avec son carrelage en mosaïque, sa buée sur les vitres, ses lumignons disposés sur les tables, les nappes bleues à carreaux, le grand miroir doré, les gravures anciennes, le lustre vénitien, la lumière tamisée, les ombres qui se dessinent sur les visages, l'impression d'être dans un autre monde, et la ferveur, bien sûr, le brouhaha des conversations, les rires des tables voisines, la chaleur humaine, le réconfort. Ava avait choisi cet endroit pour leurs premiers tête-à-tête. Il ignorait à l'époque qu'ils habiteraient un jour ensemble, dans l'immeuble d'à côté, qu'elle deviendrait sa femme, qu'ils attendraient un enfant, s'apprêteraient à fonder une famille et auraient de grands projets. Il ne soupçonnait pas la vie qui l'attendait et que L'Ancre, puisque c'est son nom, serait un jour leur cantine, le repaire de la famille, qu'il tutoierait le patron et le personnel, qu'il y aurait sa table et ses habitudes, que tout le monde finirait par connaître son histoire.

Personne ne prête plus attention à lui depuis longtemps quand il pose pour la énième fois son paquet de photos serrées par un élastique sur la table. Ce manège, ou plutôt ce rituel, n'étonne plus le personnel. Alexandre étale les clichés en éventail devant lui. Puis il dispose une photo d'Ava face à lui. Il en choisit une où sa femme rit en léger contre-jour sur une plage ; elle porte un maillot de bain orange, des lunettes de soleil carrées, et regarde vers la mer, ou peut-être quelqu'un, mais n'est pas concentrée sur l'objectif. Elle a l'air heureuse.

Il place le cliché contre le verre de la place vide et pioche une autre image. La petite fille a dans les trois ans et porte une robe blanche avec des bretelles brodées. Contrairement à celle de sa femme, ce n'est pas lui qui a pris cette photo. Il l'a trouvée dans une banque d'images sur Internet et en a fait un tirage papier. Il ne connaît pas cette fillette ; il se dit juste que cette petite pourrait être la sienne. Elle a des faux airs d'Ava, et l'âge qu'aurait leur enfant aujourd'hui. Il dispose le cliché devant l'assiette en face de l'autre chaise vide.

Il ouvre le menu et le referme aussitôt sans le lire. Il lève la main. Quand le serveur arrive, il le lui tend, et acquiesce à la formule d'usage :

— Comme d'habitude, Alexandre ?

Une assiette de saumon, des pâtes à la sauce tomate, un croque-monsieur, un pichet de vin, une limonade. Le garçon dispose les plats devant chaque place vide sans s'étonner. Quand des curieux tournent la tête, Alexandre ne leur prête pas attention. Il renvoie tout juste un rictus aux autres clients sans interrompre sa conversation avec sa femme et sa fille imaginaire.

C'est au moment du café qu'il choisit d'annoncer la nouvelle : il a décidé d'accepter, il se rendra demain à l'écurie pour monter.

— C'est une écurie de course qui fait du plat, des courses de galop et de l'obstacle. Les chevaux courent à Longchamp et à Auteuil, et sur tous les autres hippodromes de France.

Il lève son verre et trinque dans le vide quand la voix de son père lui revient.

— *776 avant J.-C. : les courses hippiques figurent au programme des jeux Olympiques. Le premier hippodrome est construit à Rome par Tarquin l'Ancien (616-578 avant J.-C.) ; il forme une ellipse de 670 mètres de long sur 170 mètres de large. Les quatre chevaux de bronze qui ornent la façade de la basilique Saint-Marc à Venise trônaient sur l'hippodrome de Byzance fondé par Septime Sévère (146-211). C'est aussi à Byzance que sont apparus pour la première fois les programmes donnant la liste des chevaux engagés pour les courses ainsi que leurs couleurs.*

*Nous y voilà. Tu as osé. Si j'étais toi, j'aurais honte d'être qui je suis.*

En regardant par la vitre de la devanture, il croit un court instant apercevoir le visage de sa mère. Il règle l'addition et rentre chez lui.

*

Alexandre s'est retourné dans son lit et a envoyé les couvertures valser. Il s'est contenté d'un sommeil agité et fractionné. Une image l'a aidé à traverser les heures. Elle s'impose souvent à lui quand il a peur ; depuis toujours, elle le calme et le rassure.

Un homme galope sur une plage. Il porte une veste rouge, une bombe noire en velours sur la tête. Son visage est caché par l'ombre. Ce spectre tient les rênes d'un alezan ; les rayons du soleil pilonnent ses flancs. Sa foulée le berce, son souffle régulier l'apaise. Alexandre se raccroche à cette cavalcade, cale sa respiration sur le rythme de l'équipage. La mer balance au loin son flot régulier de vagues, l'eau rassurante au bord du sable mouillé bat la cadence.

Il a dormi avec cette crainte de ne pas se réveiller à temps, de rater l'heure du rendez-vous. Il a cherché Ava à côté, a eu besoin de sentir la douceur de sa peau, qu'elle pose sur son sommeil sa munificence… il n'a trouvé que du vide.

Concentré sur les chiffres rouges de son réveil, impossible de sombrer à cause de ce rendez-vous important. Il a fini par couler dans un rêve, brièvement. Il a été réveillé par un cri. Encore ce cauchemar, un large cercle de lierre, un soleil mauve, Ava allongée sur le lit, les pompiers, la sirène du Samu. Il s'est résigné à attendre, assis, apathique, sur son lit dans l'obscurité, les bras en l'air pour tenter d'alléger le poids sur son cœur, ce vertige.

Alexandre a fait ce que la psychiatre lui a appris : se raccrocher à quelque chose de doux pour que la crise passe là aussi en respirant. Et puisqu'il était question de chevaux, il s'est revu le jour où pour la première fois sa mère l'a conduit dans ce centre équestre.

Il pleuvait au cœur du mois d'août et sa vie lui paraissait noyée dans un épais brouillard. Un arc-en-ciel pointait, Nicole l'attendait. Il a revu sa première fois sur ce vieux cheval pacifique et gentil, drapé dans l'or fané d'une fin d'après-midi, il a replongé, depuis son lit, le nez dans son encolure pour y aspirer ses souvenirs. Il a convoqué cette part d'enfance, les sensations des premières foulées seul dans la carrière à tourner en cercle, le manège qui lui semblait immense, l'écho des ordres donnés, les récriminations, les reprises avec les autres élèves, les promenades en forêt aux beaux jours, la cime des arbres, le sol paillé d'aiguilles de pin, les chemins ravinés, les tapis de bruyère, l'embrasement des genêts sauvages.

Et tout s'est remis en ordre.

Les progrès fulgurants, les premiers examens, l'obtention des diplômes, ses premiers concours hippiques.

Cette nuit l'a ramené à son adolescence, à ces mercredis à monter avec application, à ces week-ends en camion à écumer les compétitions avec les autres jeunes de son âge. Il s'est revu sur les terrains de concours, il a entendu les voix du jury dans les haut-parleurs qui portaient loin à l'horizon et s'est rappelé : les parcours d'obstacles à mémoriser, la boule au ventre avant de s'élancer, l'envie de gagner, la joie vive après un parcours sans faute, la satisfaction de rapporter le soir des flots, des plaques et des coupes, d'accrocher ses trophées sur son étagère.

Cette nuit, il est retourné dans les box de sa jeunesse, il s'est entendu se confier à l'air inquiet des chevaux, découvrir et apprendre leur langage, s'enivrer de leur seule présence.

En leur compagnie, Alexandre était à l'abri, des cris de son père, de ses mauvaises notes, de la solitude de sa mère, de la fratrie loin, d'une vie sèche. Les clubs hippiques étaient sa terre d'asile. Au milieu des paddocks, des granges gavées de bottes de paille, des chiens, des chats errants et des souris parfois, rien ne pouvait l'atteindre. Là-bas, il se sentait protégé. Et puis les filles. Les filles qui se pointaient pour monter avec lui les mercredis après-midi ou les vendredis soir et qu'il retrouvait le dimanche pour les compétitions avec leurs chignons impeccables. Ces cavalières soignées et pas si sages, capables de lui témoigner un peu d'intérêt, de l'amour aussi. Un cœur qui bat pour la première fois pour une autre, des baisers échangés, des mains entrelacées, des langues savoureuses, le seuil d'apprentissage des choses de la vie.

Cette nuit l'a ramené vers le rivage.
Et ce fut l'heure de prendre la route.

*

Un cirque de nuages alanguis et bouffis de sommeil peine à avancer. Encore indécis, le ciel programme sa gamme chromatique.

Le chemin lui a paru plus court.

Cette fois, le GPS ne l'a pas lâché.
En approchant de l'écurie, il pense à Ava, à la perte et à la vénération des fantômes.
On dirait que l'obscurité a changé d'avis, qu'elle choisit de s'éterniser, épaisse, grasse, figée.

L'écurie est à quelques mètres.

Il est avec sa mère.

Hier soir, il l'a prévenue qu'il allait remonter à cheval. Il a senti son enthousiasme au téléphone, une forme d'espoir se dessiner.

Il ignore que c'est elle qui a tout organisé.

Et que sa mère espère.

Devant le portail de l'écurie, le jour timide ouvre un œil. Alexandre roule au pas, se gare, et pénètre dans la cour éclairée.

Dans leur box, les pur-sang s'impatientent. Certains hennissent à l'idée d'en sortir. Le personnel s'active ; les cavaliers d'entraînement sont réveillés depuis longtemps, et préparent déjà la prochaine fournée. Le lot suivant part dans une vingtaine de minutes.

L'entraîneur accueille Alexandre d'un pas pressé, son bonjour dynamique est enjoué, avant même de lui proposer un café, Sophie lui tend une selle et l'accompagne vers les box.

# 14

# Tony

« Ils sont au départ. C'est parti pour cette cinquième course, le prix Origine, 2 400 mètres à parcourir. Deacon Rock, le numéro 4, s'empare tout de suite du commandement, associé à Tony Cariori. Le favori Full Métal se place directement en deuxième position. Le rythme est assez soutenu en ces premiers mètres de course. Le numéro 3 Dalgo et le numéro 5 Invivo patientent au cœur du peloton. À l'arrière-garde, le numéro 7, Terrence du Lilas, ferme la marche. Le peloton vient de franchir le premier virage ; accélération à l'extérieur de Prime Vista qui se place à la hauteur de l'animateur ; côté corde, le favori patiente toujours. Accélération en progression, Deacon Rock garde le meilleur depuis le départ, entraînant dans son sillage Full Métal qui conserve de haute lutte sa position. Dalgo est toujours troisième, côté corde. Le favori a encore pas mal de ressources en cet instant et va tenter de faire la différence… La phase finale est lancée et à la surprise générale Deacon Rock, associé à Tony Cariori, s'envole. Full Métal part désormais à l'assaut du leader côté corde. Deacon Rock accélère, creuse de plus en plus l'écart, et mène sur le reste de ses adversaires de trois longueurs. À trois cents mètres du poteau, rien ne semble plus pouvoir le stopper. L'outsider semble littéralement voler vers la victoire.

Mais que se passe-t-il ? Le cheval s'effondre, son jockey est projeté la tête la première sur le sol, les autres concurrents ne peuvent pas l'éviter et lui passent dessus à une vitesse infernale. Le jeune garçon de dix-huit ans reste inerte sur la piste. Il est pris en charge par les secours, alors que sa monture ne se relève pas… »

Putain ! Mais qu'est-ce que c'est ? Igor ! T'es où ? Oh ! C'est pas vrai, encore ce cauchemar. Quelle heure est-il ? J'ai l'impression d'avoir hiberné. Le patron m'a forcé à prendre trois jours de récupération. J'ai tellement de congés à poser que ça le rend fou, il m'a obligé à rester chez moi. Je n'ai pas bougé de mon canapé depuis quarante-huit heures et j'ai terminé une boîte de raviolis qui dormait au fond d'un placard en regardant les courses sur Equidia. J'ai pas vu le message sur mon téléphone.

Igor ! Ah ! Tu es là. Je crois que j'ai un peu abusé de la bouteille.

Tu ne connais pas la dernière ? Après les poulains, je dois m'occuper du grand bai qu'il veut que j'emmène chez un autre entraîneur, à Maisons-Laffitte. Va pas falloir que je traîne pour monter le machin dans le camion, y a cinq heures et demie de route à se taper dans la journée.

Igor, mon lézard, tu gardes la baraque. Et promis, à mon retour, j'irai faire des courses et je passerai un bon coup d'aspirateur. C'est le moment de se reprendre en main.

Oh putain, mais c'est quoi, ce temps de merde ?

# 15

## Élisabeth

Je n'ai pas fermé l'œil. Je suis restée à mon balcon à guetter derrière mes voilages en regardant ma montre. J'ai enchaîné les cigarettes, en pensant à lui. On ne se refait pas. Je suis sa mère. Il ne sait pas que j'ai recommencé à fumer. Je me débrouille toujours pour le lui cacher. J'ai failli l'appeler juste pour vérifier qu'il était debout et qu'il partait bien à l'écurie mais j'ai renoncé. Ça m'a rappelé quand il était enfant, que je me réveillais tôt les dimanches pour lui préparer son petit-déjeuner et vérifier qu'il n'avait rien oublié avant qu'il s'en aille pour ses compétitions, et que je l'embrassais sur le pas de la porte. Sa peau si douce.

Je n'ai pas pu m'en empêcher, j'ai envoyé un message à la petite Victoire pour la remercier de lui avoir fait signe et de lui avoir permis de remettre les fesses sur un cheval, en la suppliant de bien faire attention à lui. Je sens que ces retrouvailles peuvent l'aider, que renouer avec sa passion peut déclencher quelque chose et réveiller mon fils, agir sur lui comme un détonateur, le ramener au monde des vivants, l'inspirer et le convaincre que la vie continue. Qu'il doit s'y atteler et accepter.

J'attends des chevaux qu'une nouvelle fois ils le rapatrient vers la berge, loin de la mer de ténèbres, et qu'il comprenne enfin. Oui, j'attends qu'il comprenne et qu'il accepte : Ava est peut-être morte, mais lui doit vivre.

J'en sais quelque chose. Il n'y a rien de pire que de passer sa vie à ne pas la vivre, à ne plus oser l'affronter, à se cacher derrière sa douleur pour ne pas avancer, à renoncer à tout sauf à fleurir les tombes et attendre le soir.

Je n'ai pas de problème à le reconnaître, juste un immense chagrin en le constatant : je suis passée à côté de ma vie. Toute mon existence, je me suis appliquée à sauver les apparences, à vivre en fonction des autres, de ce que les autres attendaient. Mon mari, mes enfants, le monde.

Et là, que me reste-t-il ? Un fichu paquet de cigarettes, une montagne de regrets, ce grand garçon perdu. Il n'y a pas de meilleur endroit que la nature pour affronter nos peurs. J'aurais dû apprendre ça à mon fils au lieu d'écouter mon mari lui reprocher de ne pas faire assez d'études, de ne pas lui ressembler assez, de ne pas savoir. J'aurais dû au moins lui apprendre ça : ne laisse jamais personne décider de ta vie pour toi, même tes morts.

Mais je n'ai pas su. C'est difficile à la fin de danser avec ses regrets ; épouvantable même. La meilleure façon de profiter de son existence et d'en apprécier la valeur est de choisir de ne pas être une victime. Il m'en a fallu, du temps, pour comprendre. Des années, et la mort de Joseph. Aujourd'hui, je peux en témoigner, parce que j'en suis la preuve encore vivante, exister en fonction des autres est une souffrance inutile.

Il n'y a pas d'âge pour renaître.

Nous passons trop de temps à faire des plans pour l'avenir, à dépendre d'événements qui n'arriveront pas, ou trop tard, à nous souvenir. On réprime trop de choses par crainte des représailles et de l'humiliation, et il faut parfois beaucoup de courage pour exprimer ses sentiments. La seule chose que nous ayons réellement, c'est aujourd'hui, et personne ne nous doit rien.

Ce n'est pas ta faute, mon enfant, si ta femme est morte. Se sentir coupable est ce qu'il y a de pire. Traîner sa culpabilité, ce n'est pas respecter sa vie. Le cœur a besoin d'amour pour guérir et cet amour doit avant tout émaner de soi.

Il est temps d'être doux.

# 16

# Alexandre

Il l'attend au fond du box, le licol attaché par une ficelle à l'anneau rivé dans la pierre. C'est un mâle, un grand cheval gris pommelé aux jambes longues cerclées de balzanes blanches qui font penser à des guêtres fourrées. Son encolure est large, ses épaules sont bien dessinées, son œil est franc, avec de longs cils infinis. Sur son chanfrein, une liste blanche descend pareille à un fleuve en zigzag vers le noir soyeux des naseaux.

L'entraîneur lui retire sa couverture et découvre son ventre d'athlète. Ses flancs secs disent le travail, l'entretien, l'habitude à l'effort, la vitesse et la vélocité. Sa croupe rebondie est scindée, on dirait que l'animal est équipé de deux réacteurs. Il se tient droit, attentif à chaque geste du pansage dans la pénombre de cette alcôve.

Alexandre pose la main sur son ventre et tout de suite perçoit la douceur du poil ras qui frissonne au passage. L'animal tourne la tête vers le visiteur et pointe vers lui des oreilles curieuses.

Il le sait, avec eux, les présentations débutent bien avant que les regards se croisent. Un cheval vous scanne au moment où il vous entend approcher et peut vous sonder jusqu'à l'âme.

Torchon bleu, tapis de selle, pad, couvre-reins, couverture, selle, collier, bride. Sophie le prépare avec lui, le cheval ne bouge pas. Elle lui explique ses origines, père, mère et prouesses des anciens, la course récemment gagnée par le frère, la victoire arrachée l'an passé par la sœur. La filiation compte dans une écurie de course, elle appelle les promesses de futurs résultats, mais la généalogie ne remplacera jamais la méritocratie et le travail.

— Il a trois ans et il est très sympa, tu verras. Surtout, respire bien.

Elle lui tend un casque et un gilet de protection, le voilà prêt.

Ils sortent du box et elle lui prend la jambe pour le mettre sur le cheval. En route.

— *Le pré-règlement des courses date de 1780 et un an après fut construit dans le parc du château de Vincennes l'hippodrome de Vincennes.*

*Après la Révolution, il faudra attendre 1796 pour que de nouvelles courses de chevaux soient organisées sur le Champ-de-Mars. Napoléon avait conscience de l'importance des chevaux et de l'amélioration de la race pour ses campagnes de guerre et les courses furent repensées par décret en 1805, des épreuves furent organisées dans les départements de l'Empire où on élevait les plus beaux chevaux. Tous les cavaliers devaient être français et les pur-sang anglais étaient interdits. Sous l'impulsion du préfet Haussmann, un terrain fut ouvert aux courses de chevaux sur la plaine de Longchamp. En 1851 on comptait cinquante et un hippodromes… Te voilà donc de retour. Mais comment oses-tu remonter à cheval après ça ? Qu'est-ce que tu crois ? Que ça va la faire revenir ? Personne n'a oublié que tu as préféré aller monter ce jour-là plutôt que de rester avec elle. Elle serait sûrement encore vivante si tu n'avais pas été si égoïste. Et votre enfant ? Tu penses à votre enfant ? Non mais, regarde-toi… Pauvre type.*

Un haut-le-cœur, l'estomac qui se serre. Il refrène une envie de vomir.

Victoire mène la cavalerie ; elle est heureuse de le revoir. Elle conduit le lot dans le jour naissant. Le ciel a tranché. Une pluie fine s'invite sur le cortège. La première chose qui le frappe, c'est le calme du groupe. En route vers les pistes, les chevaux sont concentrés ; chacun est à son partenaire, dans une osmose totale. Autour du cortège, les maisons s'éclairent tour à tour, une autre vie s'éveille à Maisons-Laffitte. Le bruit des pas des pur-sang est étouffé par le sable ; le jour perce tranquillement et chasse les derniers soubresauts de l'obscurité, les arbres dépoilés veillent sur le cortège, le vent souffle entre les branches nues. Les oreilles pointées vers l'avant, ils sont à l'affût du moindre mouvement, du moindre bruit. Ils sont jeunes et pour la plupart encore inexpérimentés, craintifs.

Celui d'Alexandre est le plus sage du groupe. L'entraîneur l'a placé en tête, juste derrière Victoire qui le guide et lui demande si tout va bien. Il n'a rien oublié en trois ans. Il retrouve progressivement ses automatismes, accompagne le pas de son compagnon avec son assiette, le contact de sa bouche entre ses doigts par le truchement des rênes, ses cuisses bien descendues, le regard loin vers l'avant. Il est ému d'être là avec eux, étonné aussi de sa fluidité.

Dans sa tête les images se bousculent. Ava est en première ligne. Sa femme le regarde passer avec leur enfant dans les bras. Le souffle de sa monture le ramène à la réalité. La voix de son père s'est tue. La pluie froide cesse quand le groupe arrive sur les pistes du centre d'entraînement. Son estomac se dénoue.

Pleins phares, un tracteur traîne une herse pour lisser les pistes. Tout est calme. De l'autre côté d'un mur de pierres, l'écho des canters des autres écuries résonne. Les pur-sang s'agitent, ils ont parfaitement conscience que le travail va débuter. Le groupe part au petit trot et les esprits s'échauffent. Les plus jeunes cherchent déjà à en découdre et ruent, les cavaliers gardent leur calme et ne cèdent pas à la fougue.

L'entraîneur observe ses troupes à la jumelle. Victoire annonce le programme du matin et distribue les ordres. Alexandre est invité à la suivre et à rester derrière elle.

# 17

# Élisabeth

Ça non plus, mon fils ne le sait pas.

Ça m'arrive, vous savez, de lui parler. Autour d'une bougie sur la table de la cuisine. C'est mon cérémonial. Je convoque ma belle-fille en un murmure. Et Ava me répond. Oui, je parle aux morts. Depuis toujours. Je ne sais pas si on peut appeler ça un don, un don ou une connivence avec l'au-delà. Une connexion, c'est évident.

Je suis liée aux défunts depuis mon plus jeune âge, depuis le décès de mon grand-père. Je n'étais encore qu'une petite fille. Sa disparition m'a foudroyée. C'était un homme bon, gentil, triste et doux. Le jour de son enterrement, il est revenu vers moi, et j'ai entendu sa voix me dire :

— *Élisabeth, surtout n'aie pas peur.*

Je n'ai pas eu peur. J'étais préparée. J'ai toujours su au fond de moi qu'une communication était possible avec l'invisible.

J'ai gardé mon sang-froid. Je suis allée m'asseoir dans la cuisine. Je n'ai pas osé allumer la lumière pour ne pas attirer l'attention. J'ai trouvé une petite bougie et j'ai attendu qu'il revienne.

Ce ne fut pas une longue conversation. Il me disait de ne pas être triste, qu'il était bien là où il était, qu'il éprouvait une paix incroyable, qu'il veillait sur moi, et qu'en échange je devais sourire chaque fois que j'aurais une pensée pour lui. Il me protégeait de là-haut. C'est tout. Depuis, j'ai toujours une bougie rangée dans un tiroir.

Je n'ai jamais parlé à personne de tout cela. Ça ne sert à rien. Qui me croirait ? Je préfère garder ce secret pour moi. Joseph m'aurait traitée de folle, se serait moqué de moi, et m'aurait secrètement jalousée.

Progressivement, au fil des années, j'ai vu d'autres morts venir danser autour de ma bougie. Et j'ai compris : c'est ma mission. Les morts se confient à moi. Je suis sur terre pour éclairer les zones d'ombre des défunts. Si vous saviez, certains se font encore du souci après la vie. Ils traînent avec eux des problèmes de vivants. C'est à peine croyable.

J'entends leurs remords, j'écoute leurs regrets, je soulage leur conscience, je les aide à libérer leur âme et à partir enfin.

Si vous saviez.

Beaucoup ont tendance à oublier les bonnes choses qu'ils ont accomplies de leur vivant, les moments de bonheur, et n'emportent avec eux que leurs regrets. Pour quoi faire ? C'est toute la question.

Depuis la disparition de Joseph, je croise encore plus de morts qu'avant. Est-ce qu'on se refile mon adresse là-haut ? Des inconnus débarquent et vident leur sac. Je les accueille tous sans distinction, avec déférence et affection. Ils en ont gros sur le cœur, écoulent leur peine, purgent leur chagrin. J'ai la faiblesse de croire que je leur suis utile et que ma présence les soulage.

Ma porte est toujours ouverte. Sauf pour lui, Joseph. Et puis quoi encore ? Il est la seule exception.

Il a fini par comprendre, on dirait.

Qu'aurais-je à lui dire qu'il ne sait déjà ? J'ai aimé notre enfant, pas lui. Et je vous passe le reste.

Avec Ava, c'est différent.

Ça m'arrive, vous savez, de lui parler.

*

# La nuit des pur-sang

Le jour de leur mariage, j'ai eu une vision. Un flash bref, mais signifiant. Dans mon sommeil, il revient, me réveille et m'apaise.

Avec Ava, nous parlons d'Alexandre. Elle m'a promis de l'aider à tourner la page. Elle en est persuadée, il finira par admettre, il finira par lâcher et s'élancera à nouveau dans la vie.

Et alors seulement nous serons en paix.

# 18

# Tony

Eh ben toi, tu m'en auras fait voir de toutes les couleurs ! Mais pourquoi tu voulais pas monter dans ce camion ? Hein ? Ça rime à quoi, de se cabrer dans tous les sens ? Tu veux te tuer ou quoi ? Il a fallu que je passe à la longe américaine pour te soumettre.

Tu veux que je te dise ? Tu m'as fait suer, mais je t'en veux pas. Par certains côtés, tu ressembles à Magnolia. Quand je t'ai monté l'autre matin après que tu as épuisé les collègues, j'ai vu un peu de lui en toi.

Tu ne ressembles pas à grand-chose, on ne peut pas dire que ton physique soit spectaculaire ; toi aussi, tu es un bai un peu quelconque, mais tu as cette étincelle, cette marque des champions, je sais la reconnaître. Crois-moi.

Bon, va falloir bosser quand même et s'y mettre vraiment, que tu te remues si tu ne veux pas fatiguer tout le monde, et ça commence par bien voyager dans le camion. On se casse, mon pote, direction Maisons-Laffitte. On va passer quelques jours là-bas. Tu verras, y a tout sur place pour être heureux : des pistes épatantes, un gazon de velours pour les galops du matin, des obstacles aux petits oignons et des collègues sympas.

On va chez un entraîneur femme, s'il te plaît. Une fille à poigne qui a monté son affaire et qui s'associe parfois avec d'autres entraîneurs, dont le patron. C'est pour ça qu'il nous exfiltre le temps que tu démontres que, malgré ton côté sombre, tu es un cheval capable et sympa, calibré pour gagner des courses, pas que pour faire tomber ceux qui te montent sur le dos, enfoiré.

D'accord, on n'est pas aidés par la météo. Fait un temps de chien, pas de quoi foutre un crack dehors, hein, mon copain ? Si t'es sage, je te montrerai des vidéos de Magnolia, de ce que tu pourrais devenir si tu m'écoutes. Va falloir que tu me fasses un minimum confiance. Si tu es attentif, je te transforme en conquistador en trois semaines et, à ta prochaine course, personne te reconnaîtra.

# Deuxième partie

Y a un monde, sur cette autoroute ! On n'est pas rendus. Tu veux faire un jeu ? Discuter ? Que je te parle de lui ? De ma vie ?

Mais qu'est-ce qu'il fait, lui, il est con ou quoi, ce poids lourd ?

Eh, oh, stop !

Oh putain ! Oh putain, j'ai plus de freins ! J'ai plus de freins !

Igor !

# 19

# Alexandre

C'est une longue piste de sable. Une ligne presque droite de 1 800 mètres. Un horizon infini. Quand ils s'élancent, le sang lui monte à la tête d'un coup. À cette allure, on dégrise vite ; il est, dès les cent premiers mètres, parfaitement réveillé, mieux qu'après une bonne douche froide pour effacer une gueule de bois.

Pour la première fois d'Alexandre avec eux, Victoire rythme un galop tonique mais tranquille, partition sur mesure pour l'amateur qui fait ses premières armes sur un pur-sang de course.

Il poursuit son leader, cale sa respiration en regardant vers le lointain pour rassurer son cheval, lui donner confiance et lui signifier qu'il veille sur la route, concentré sur son dos, à son poste de vigie.

Vite grisé par le train, Alexandre savoure sa chance d'être là. Il profite de ses premières sensations, de la vitesse soutenue, encore à ce stade pour lui maîtrisable.

Victoire accélère. Penché en avant, le nez dans la crinière, il est saisi par le spectacle. La forêt défile tout autour, les arbres se plient et dansent au bord des bois, la terre semble s'ouvrir sous ses étriers, le sol se métamorphoser en tapis de course.

L'air fouette son visage. Le cheval qui le précède laboure la terre. Pour encore mieux éprouver les sensations, Alexandre ferme les yeux. Il se laisse emporter, son corps devient plus souple et léger. Il l'aperçoit. Ava est au bord de la piste et lui fait signe, leur enfant dans les bras. Son père aussi est présent. À côté de sa femme, il le vise avec les doigts, comme avec une arme à feu.

Dans le dernier quart de la ligne droite, alors que le convoi accélère encore plus franchement, des images de sa vie défilent à toute allure devant lui. Pêle-mêle, flashs désordonnés, tri de son inconscient et de ses obsessions. Sa rencontre avec Ava, sa demande en mariage, leurs premiers pas dans leur maison, leurs danses, Nicole et ses leçons au centre équestre, un matin d'orage, un ciel de pleine lune, le visage dans la pénombre de son père, un lit d'hôpital, le cimetière, un professeur au tableau, des pompiers allongés sur un corps, sa mère prostrée, lui à genoux les mains en sang à force d'avoir frappé contre un mur.

Des larmes coulent sur ses joues. Elles sont arrachées par la vitesse et se mélangent au chagrin du passé. Des perles d'eau salée s'agrippent à la fine pellicule de terre qui par endroits couvre sa peau, micro-îlots de bonheur charriés par la tempête.

À pleine vitesse, Alexandre surprend la main d'Ava dans la sienne. Il tente de la serrer fort pour la retenir de tomber. Au bord de la piste sa mère l'épie et lui fait signe d'approcher. Cette vision lui serre la poitrine, engoncée dans son gilet de protection. Un cri sourd sort de sa gorge séchée par l'effort du galop.

Malgré le froid du matin, des gouttes de sueur perlent sur son front. Il revient à lui, à ce qu'il est en train de vivre et qui s'achève déjà. Quand il voit au bout de la piste les autres rassemblés, ses jambes tremblent. Après l'effort qu'elles ont enduré à le soutenir, perchées sur les étriers, elles sont saisies de spasmes.

Son cheval ralentit. La nature recouvre ses droits, les arbres pliés se redressent, la nature se recoiffe, le calme de la forêt environnante le caresse. Aucun oiseau n'habite là après le passage de la cavalerie ; les feuilles couleur d'or et de sang camouflent certainement leur présence. À quelques foulées de l'arrivée, les rayons d'un soleil incertain se devinent, le souffle de sa respiration se mêle à celui des pur-sang, et un autre cri sourd sort de sa bouche affamée de vie. Une onomatopée qui traduit la joie d'être là, d'avoir su surmonter sa peur de ne pas tenir jusqu'au bout, la fierté d'être resté sur sa selle, de ne pas s'être écrasé en plein vol.

Après ce grand huit de sensations fortes, et tandis que son cheval repasse au trot, puis au pas, Alexandre sent chaque parcelle de son corps lui rappeler qu'il est en vie. En arrivant dans le rond de récupération, aussitôt rejoint par les autres, il est traversé par une indicible émotion. Un frisson court sur son dos, la joie pleine fouette l'épiderme ; une certaine paix aussi. Il rit de plaisir et de soulagement, à la grande satisfaction de Victoire qui le considère, très émue.

Depuis combien de temps, se dit-elle, ne s'est-il pas senti aussi heureux ?

*

Il n'a pas mis pied à terre que l'effroi se lit sur le visage de Sophie. Alexandre n'a pas le temps de lui communiquer sa joie d'avoir vécu une telle expérience, il devine que quelque chose de grave est arrivé. Sophie est pâle au milieu de la cour, le téléphone vissé à l'oreille. Toute l'équipe s'arrête de parler. Les circonstances, l'heure, le pourquoi, le comment, ses lèvres balbutient et cherchent à comprendre l'impossible. C'est trop tard de toute façon, les dés sont jetés, la mort ne connaît pas la marche arrière.

Le personnel de l'écurie se fige, un silence glacial s'abat. Sophie s'assoit sur une botte de paille. Alexandre descend de cheval, suit le mouvement et ramène sans un mot son cheval vers son box pour le desseller. Victoire se dirige vers lui, tête basse.

— Tu lui passes un coup de brosse et tu lui remets sa couverture...

— Qu'est-ce qui se passe ? Sophie a l'air...

— Un problème avec un cheval sur la route. Elle est secouée ; à mon avis, c'est grave.

Il reste seul dans le box et prodigue les soins demandés. Un oiseau s'envole. Une rivière de nuages traverse un ciel chargé, lourd et froid.

La voix de son père claque à nouveau. Alexandre tente de l'ignorer.

— *L'origine du pur-sang serait à rechercher dès le XI$^{e}$ siècle, lorsque les Normands qui suivent Guillaume le Conquérant introduisent leur cavalerie formée de chevaux andalous. Après les croisades, au XII$^{e}$ siècle, les Anglais importent des chevaux arabes. Vers 1580, sous le règne d'Élisabeth I$^{re}$, les chevaux anglais sont issus de lignées andalouse, arabe et barbe. Tous les pur-sang modernes descendent de trois étalons fondateurs importés en Angleterre depuis le Moyen-Orient à la fin du XVII$^{e}$ et au début du XVIII$^{e}$ siècle : Byerley Turk (1680), Darley Arabian (1704), et Godolphin Arabian (1729).*

*Tu vois, mon fils, tu portes malheur. Regarde, tu sèmes la désolation derrière toi. Ça ne changera jamais. Tu devrais en prendre conscience et arrêter de mettre le nez chez les honnêtes gens. Ta femme doit se retourner dans sa tombe… Tu me fais honte.*

Sophie bat le rappel des troupes. Tout le monde se retrouve dans la cour, elle allume une cigarette et prend une grande inspiration avant de parler, tête inclinée vers le sol.

— Nous étions censés accueillir un nouveau pensionnaire dans nos murs. Un cheval de chez M. Ivanov, compliqué mais prometteur, avec son lad. Je viens d'apprendre qu'ils ont eu un accident sur la route, le van a percuté un camion, ils sont morts tous les deux. Je ne les connaissais pas, mais c'est très dur d'apprendre cette nouvelle, tout le monde est effondré là-bas. À ceux qui sont sur la route, je vous demande d'être toujours attentifs, de ne jamais relâcher votre vigilance, ce genre de drame n'arrive pas qu'aux autres. Je n'ai pas plus de détails à vous donner. Reprenez le travail et préparez le troisième lot. Alexandre, je suis désolée que ta matinée se termine dans des circonstances aussi tragiques. La vie dans une écurie de course n'est pas toujours simple, elle est même parfois terrible, tu en as la preuve ce matin. J'espère que nous aurons la chance de te revoir dans de meilleures conditions. En tout cas, tout s'est bien passé pour toi. Pour quelqu'un qui n'était plus monté sur un cheval depuis trois ans, on peut dire que tu as de beaux restes. Et bien sûr beaucoup de choses à découvrir encore. Reprenons le travail, la vie continue.

# Troisième partie

## *Trois ans plus tôt*

# 20

## Ava

— C'est terrible d'aimer quelqu'un, terrible et dangereux.

L'amour se termine forcément un jour dans les cris, dans les larmes, dans l'abandon. Y a-t-il pire que le silence après ça ? Alexandre en a la preuve avec sa mère et son père, ces parents infoutus d'être ensemble et pourtant toujours ensemble depuis de si longues années.

Charlatans de l'amour.

Leur haine tue.

Ces questions le taraudent ; pire, elles le hantent. Est-ce que tout va dégénérer entre Ava et lui ? Quand les monstres vont-ils sortir du terrier ?

Est-ce qu'on devient le couple de ses parents ?

Il suffit de les voir pour comprendre. Son dédain, son arrogance, son écrasant savoir, son ennui manifeste avec elle, ce vide qu'il a creusé autour, sa faiblesse à elle d'accepter, de tolérer cette part ombre. Son père tue sa mère à petit feu.

Un piège s'est refermé sur eux.

Ses parents restent ensemble pour les pires des raisons, les enfants et le regard des autres. Mauvais mari, père absent et autoritaire ; professeur d'histoire à l'université. Épouse résignée ; mère appliquée. Si son père est la jungle, sa mère est la peur des serpents.

Quand il ne dort pas, le ciel de l'enfance le recouvre. Volets clos, sans témoin.

On peut n'avoir manqué de rien sur le papier et vivre complètement démuni.

Alexandre ressemble à un cheval battu par son propriétaire dans l'obscurité de son box. À la racine de ses peurs, il y a son père. Ce père et ses exigences.

Il l'a rendu méfiant et craintif. Alexandre a perdu confiance. Il ne sait pas se lier aux autres. Seulement aux chevaux. Et à Ava. Son traumatisme est profond.

La peur est cette pénombre qui revient sans cesse. Elle a la forme d'un corps dans l'encadrement de sa porte. Cette peur pisse le sang. Elle est un souvenir écrasant. Celui des coups de ceinture sur le cul, de neuf à quatorze ans. Cette main paternelle le poursuit encore des années après. Elle le frappe sans prévenir à n'importe quelle heure du jour et de la nuit et disparaît, le laissant seul et exsangue. Les cris dans sa chambre d'enfant éventrent toujours ses nuits d'adulte. Il se souvient que, pour échapper aux explications, sa mère monte le son de la télévision.

Quand son père frappe, il cogne fort. Il le bat à cause de ses notes, de l'école qui ne lui dit rien. Ce fils est un drame pour le brillant professeur. Un insupportable affront. Son seul garçon est son seul échec. Il le hait.

Est-il seulement vraiment de lui ? Il posera la question à sa femme. Derrière la porte de la salle de bains, Alexandre écoutera terrifié la conversation.

Une image de sa mère lui serre la gorge. Mains sur les oreilles, bouche cousue, non-assistance à enfant en danger. Elle monte encore plus fort le son du téléviseur et l'abandonne à la violence.

Ces scènes surgissent sans prévenir, certains soirs, et lui sautent au visage. Il a la sensation que des morceaux de verre et des lames de rasoir se plantent dans son cœur.

Une main sur la poitrine, il se fige et s'y revoit comme si c'était hier. Alexandre est sur le pas de la porte. Il rentre dans son antre en tremblant. La bibliothèque du bureau de son père lui paraît immense. Des rangées de livres savants et des encyclopédies contemplent le petit garçon affolé. Des piles de documentation reposent sur le cuir vert bouteille et les bordures dorées du sous-main. Cette pièce est ensevelie sous les livres, mais ordonnée. Son père est terriblement maniaque.

Alexandre se téléporte souvent dans ce bureau. Comment oublier cet endroit et les tiroirs à clés dorées ? Il s'est posé souvent la question : sont-elles en or véritable ? Quels genres de secrets y demeurent ? Ces clés sont minuscules mais dans ses souvenirs d'enfant, elles prennent une place énorme. Qu'ouvrent-elles ? Peut-être un double fond, sûrement quelques tombes ? Il l'a fait entièrement restaurer. Le meuble sur lequel son père travaille est ancien. C'est un bureau Directoire en acajou flammé. Alexandre baisse la tête vers les pieds torsadés.

Il tend son bulletin à son bourreau. Sa peur est pure, totale. Il tremble, Joseph le dévisage, on dirait qu'il prend du plaisir. Le fils baisse la tête, se dit qu'il va mourir. Il est en sueur.

« Mon père va me tuer. »

Cette phrase est effrayante quand elle sonne vrai pour un enfant. Le battement de son cœur est une paire de claques avant les premiers coups qui s'annoncent. Il tend une main qui tremble pour se protéger le visage et, pour seule réponse, reçoit un silence écrasant. Entre ses doigts percent les yeux d'un loup.

M. Je-Sais-Tout connaît l'histoire du monde sur le bout des ongles, et la géographie aussi, le français, le grec et le latin, les maths et les langues, et toutes les matières, sauf l'amour de sa femme et l'amour de la vie. Signe particulier : porte toujours un costume et un nœud papillon d'éminence. Pas de cravate, les cravates, c'est pour se pendre. Son père déteste les chevaux mais possède une cravache. Elle attend Alexandre dans le porte-parapluies à droite en entrant.

Il se souvient.

De l'extérieur, ça ne se voit pas. Personne ne peut imaginer quand on l'aperçoit sur le parvis de l'église, à une réception, sur l'estrade d'un amphithéâtre, dans les couloirs de l'université, que Joseph est ce loup.

La peur et la violence ne sont pas l'apanage d'une origine sociale. Chez ceux qui ne manquent de rien, elles rôdent aussi, souvent.

Il est simplement malvenu de s'en plaindre. C'est tabou et ça ne se fait pas. Cet enfant ne se raconte pas. Les riches savent créer leurs légendes et soigner les apparences. Chez eux, pour dire l'enfer, on chante que tout va bien dans le meilleur des mondes, on se vante de son paradis et on craint les chevaux.

*

Elle le prend par surprise. Ava lui annonce la nouvelle au restaurant. Alexandre se balance sur sa chaise, il ne s'y attend pas. Elle n'y va pas par quatre chemins. Elle sort l'objet de son sac et le pose sur la table. Le test de grossesse ressemble à une embarcation, il est formel.

— Alexandre...

Son annonce est gravée en lettres majuscules dans sa mémoire. Ava fond en larmes. Joie pure, orage de bonheur, déflagration.

Il attrape sa main, baise son bras. Ils sont bouleversés, émus, intouchables au sommet du monde.

Ava et Alexandre tentent de trouver les bons mots, mais il n'y a rien à ajouter. Elle demande au serveur d'approcher, lui chuchote la nouvelle à l'oreille. Il les félicite, hilare, et revient avec une bouteille de champagne. Le bruit du bouchon qui saute, Ava sursaute, rit fort. Toute la salle applaudit.

Le monde est bon avec eux.

Un petit garçon ou une petite fille ? Alexandre aimerait les deux ; il veut au moins deux enfants et Ava pour la vie. Une fille, ça serait formidable. Une fille, ça serait merveilleux pour commencer une vie de famille.

Il repart travailler avec la sensation d'avoir gagné au Loto. Il lève le nez vers le ciel et remercie l'univers. L'univers, ou quelque chose d'au moins aussi grand.

Il ne le dit à personne pour l'instant et serre cette nouvelle sur son cœur. Quand il s'installe devant son ordinateur, Alexandre plane au-dessus des nuages.

Tout est léger. Ses nuits sont des beaux jours qui s'éternisent. Grâce à l'enfant qui s'annonce, il ne pense plus à son enfance. Il connaît l'impression des rescapés, celle d'avoir échappé au pire, d'être enfin accepté par la vie. Il a du courage à revendre et une cargaison d'amour grand.

Il appelle ses sœurs pour leur annoncer la nouvelle, elles lui rendent sa joie au centuple. Au téléphone, les sanglots de sa mère sont des perles de rire. Le souffle court, Élisabeth insiste pour lui passer Joseph. Sa voix est chaude pour une fois et sans en rajouter, son père le congratule et repart à son nombril.

Une main sur le ventre d'Ava, Alexandre dort enfin, il a l'impression d'être invincible et même au piano, il progresse.

Les samedis s'enchaînent dans la vie heureuse.

*

Combien de fois a-t-il fait ce rêve ?

C'est un autre mariage. Le leur. Aucun orage.

Il est arrivé juste avant au bras de sa mère. Elle a déposé devant l'autel, à côté d'une chaise vide, son cœur éraflé.

Tout le monde retient son souffle.

L'orgue, quelques notes, il se retourne.

Ava pénètre dans l'église, la robe est blanche en fourreau, le voile, la traîne, le dos nu recouvert d'un châle, le ventre rond, la lumière qui bombarde à travers les vitraux, la nef, les stations du chemin de croix, l'allée, les bancs de chaque côté, leurs familles.

Elle est au bras de son père. Elle rejoint Alexandre pour lui dire oui devant Dieu.

Un Christ à la tête inclinée les contemple.

Dans son rêve, il l'encourage. Dans son rêve, son père se rapproche pour lui demander pardon juste avant, pardon pour la violence et les coups, pardon pour la dureté, bonne chance pour le reste de la vie avec elle, bon vent pour la vie tout court. Ava lui dit oui, il soulève son voile et l'embrasse. Au bout de leurs doigts tremblants, leurs alliances scintillent, dessinent des ronds sur les murs de l'édifice. Elle lui prend la main, l'enlace dans la sienne et la serre.

Les époux rient aux éclats. Les mariés signent les registres, et tout est doux autour.

Sa mère pleure de joie et d'émotion, ses sœurs chantent, des amis encerclent, des voitures klaxonnent, des motos pétaradent, des rires résonnent, des hourras félicitent. Une carriole est attelée pour transporter les mariés. Alexandre est heureux.

*

Ils sont tout juste mariés et l'enfant doit bientôt naître quand le samedi se retourne et devient noir.

Noir et froid comme du marbre.

Ava est morte.

Elle est pourtant encore vivante quand il quitte la maison pour retrouver les enfants différents.

Ava est morte dans la chaleur du matin. Dans leur lit d'amants beaux. Alexandre la trouve en rentrant du centre équestre, la tête tournée vers le mur blanc, allongée à sa place, sur le cœur, paisible. Il n'a rien pu tenter pour la sauver. Il est déjà trop tard quand il appelle les pompiers. Il s'assoit sur le lit et attend les secours.

Ava dans ses bras, il est déjà mort lui aussi.

Le reste, il ne s'en souviendra pas. Il ne se rappellera plus rien après. Tout juste la blancheur de sa chambre d'hôpital et la main de sa mère dans la sienne, son père qui lui tourne le dos, en observant par la fenêtre le noir du samedi vers le soir.

L'explication d'un médecin aussi. Le bref écho d'un diagnostic. Rupture d'anévrisme.

L'enfant n'a pas survécu.

Séisme.

Magnitude 10.

Apocalypse.

Le reste sera flou, la suite n'existera pas vraiment. Et la chambre d'hôpital devient sa maison. La main de sa mère dans la sienne.

Il y retourne tout de suite après l'enterrement. Il n'a aucun souvenir de la cérémonie, ni du soleil qui dardait sur les tombes, ni du cercueil de sa femme et des sangles enroulées autour, ni des poignées de terre jetées dessus, ni des chants, ni des mots trouvés par le prêtre pour tenter d'apaiser la douleur. Rien.

On lui racontera plus tard qu'il a dévissé dans le noir du samedi. On lui racontera qu'il s'est mis à hurler. Sa vie s'est arrêtée ce matin-là.

Ce sont ensuite des mois de silence, prostré sur un lit. La compagnie d'infirmières qui se ressemblent toutes, des plateaux de médicaments. Des pilules sans couleur censées le ramener au monde.

Plus tard, des promenades quotidiennes dans un parc, tête basse, dos voûté, au ralenti, shooté. Des heures longues, passées sur un banc à attendre, veillé par des rangées d'arbres hauts, protégé par des buissons bien taillés, enveloppé par un silence de plomb.

Ces longues semaines sont rythmées par les visites de sa mère. Elle débarque avec des paquets de linge propre, quelques livres.

Et puis son père. Son premier souvenir remonte à sa voix, à la gesticulation de ses lèvres fines, son air loin dans le vide qui cherche à fuir vers l'horizon à travers la vitre, mains dans le dos, le manteau toujours sur les épaules, l'impression qu'il va s'en aller. Et cette phrase :

« S'il n'avait pas préféré partir s'occuper de ces histoires de canasson et d'enfants débiles, sa femme aurait pu être sauvée à temps et le bébé aussi. Ce garçon m'aura tout fait. »

# 21

# Alexandre

Des mois plus tard, Alexandre finit par sortir et retourner vers la vie.

Rongé par les médicaments, il fait l'essuie-glace entre le travail et son appartement. Rien d'autre. Personne à part sa mère. Ses visites, le front baissé vers le sien, les baisers déposés sur ses joues, les mains agrippées aux siennes, et ses incantations quasi silencieuses, dans l'obscurité de la chambre. Elle allume une bougie et reste près de lui jusqu'à se faire oublier, disparaître presque de la pièce, mère chamane au pied de son enfant gisant.

Alexandre attend que ça passe, mais rien ne passe. Une photo de sa femme trône sur sa table de chevet. La beauté d'Ava comme une cicatrice.

Dans l'obscurité, il l'entend jouer. Ce filet musical vient le bercer dans ses rêves et l'en sort.

À bout de forces, il repart vers l'hôpital pour un plus court séjour.

Un, puis deux, puis trois.

Un matin de septembre, les médecins expliquent à sa mère qu'il en a fini avec la douleur.

Pour aller encore mieux, il doit se rendre chaque semaine chez un psychiatre. Élisabeth trouve une adresse. Au téléphone, elle a tout de suite confiance dans la voix qui lui parle. Elle se confie sur son fils, raconte le drame : la mort de l'amour, et prend rendez-vous.

Alexandre refuse d'abord de s'y rendre, puis capitule. Un matin, un taxi le dépose devant. Petit immeuble, quatre étages, troisième droite. Une femme assez ronde, délicate, à la voix douce, ouvre la porte. Brigitte est psychiatre, spécialiste des deuils et des morts-vivants. Aider ceux qui restent à survivre est son travail.

Elle a été très claire avec Élisabeth, il faut sortir des sentiers battus pour remettre ces patients-là dans le droit chemin.

Son cabinet est sombre ; dans la salle d'attente, un halogène au garde-à-vous éclaire un papier peint désuet, zoome sur les auréoles au plafond, domine le marron usé des fauteuils, marque la moquette beige. Alexandre attend en feuilletant des magazines. Il est incapable de fixer son attention.

C'est à lui.

Brigitte rayonne. Elle se tient bien droite sur le bord de sa chaise et l'écoute. Elle tente de recueillir ses premières impressions, cuisine avec ses épluchures. Elle n'oublie jamais de l'encourager et le récompense quand il articule plus d'une phrase.

Le trajet s'annonce long jusqu'à la guérison. Elle relit l'ordonnance, suggère de nouveaux dosages. Élisabeth foncera vers la première pharmacie. Alexandre recrachera ses médicaments en cachette.

La psychiatre mesure chaque jeudi le chagrin de son patient. À chaque séance, elle attend patiemment que les mots sortent et les mots vrais n'arrivent pas. Seuls sortent des mensonges et des banalités, artifices faciles de ceux qui veulent en terminer avec les interrogatoires. Manipulations.

Alexandre est un cheval sauvage. Brigitte a du mal à l'apprivoiser mais s'accroche. Coûte que coûte, brique par brique pour l'épauler, l'aider à traverser les étapes du deuil :

1. Le déni, le refus de la mort comme mécanisme de défense ;

2. La colère et le marchandage, une tentative de retrouver le défunt ;

3. La résignation et la résilience : traverser la souffrance et se reconstruire.

Des grappes de silence, des poignées de mots inachevés, Alexandre est un mur au pied duquel pousse une forêt de chardons. Il a cet air flou et doux à la fois, un air fou et figé, l'allure fantomatique.

Au bout de quelques semaines, les choses changent un peu. Alexandre sort du murmure. Il raconte à Brigitte qu'il a aperçu Ava dans sa cuisine, qu'elle s'est allongée sur son lit ou qu'elle s'est installée au piano. Il se penche vers elle pour cette confidence, lui demande de s'approcher de lui et lui explique : parfois, Ava l'accompagne au travail, elle se pose dans un coin et l'attend. Ensuite, ils dînent ensemble au restaurant.

Hier, ils ont fait l'amour.

Sauveteur dans une mer démontée, Brigitte le ramène à son deuil, décortique son déni.

Alexandre s'agace qu'elle ne le croie pas. Il change de ton, s'énerve, hausse la voix, la menace en la pointant du doigt. Il crie fort dans le petit cabinet, éructe des mots trop grands :

— Mais ta gueule avec ton deuil !

Et se calme.

Il a fini par comprendre et change de stratégie. Pour avoir la paix.

Il pourrait le jurer, c'est Ava qui l'encourage, Ava qui le pousse à simuler, à garder ce secret. Il ne raconte à personne qu'il la voit, qu'elle est assise sur le divan près de lui à chaque séance avec Brigitte, qu'elle lui tient la main, lui caresse la nuque pour qu'il se calme et dépose même des baisers sur sa joue.

C'est Ava qui le conseille, lui dicte sa conduite, le pousse à dire à Brigitte ce qu'elle veut entendre.

Plus il ment, plus elle le gratifie d'un encouragement.

— Vous êtes sur la bonne voie, Alexandre.

*

On dirait que le soleil a fugué. Le ciel est un linceul, bas et menaçant.

Brigitte est à l'affût. Elle attend qu'Alexandre se décide. Elle lui parle de son travail. Celui que son beau-frère a réussi à lui trouver pour le remettre en selle. Il a repris, arrêté, repris, arrêté. Il collectionne les arrêts maladie. Il ne peut pas se concentrer sur son ordinateur. Son patron est compréhensif.

Dans le cabinet, rien ne vient. Un silence en enchaîne un autre. Cela fait neuf mois aujourd'hui qu'Ava est morte et que Brigitte traque le moindre indice. Elle cherche une porte d'entrée, mais Alexandre a ce rictus figé et ne lâche rien. Il ferme soigneusement les portes que sa thérapeute essaie d'ouvrir. Résistance.

Elle sait parfaitement qu'il lui ment.

Alexandre n'en démord pas. Face à elle, bouche cousue, regard loin, il se récite ce mantra : la mort, c'est la vie qui continue autrement.

Ava est revenue.

Il a d'abord senti sa présence. C'est arrivé par bribes, par petites touches, théâtre d'ombres. Une source de chaleur dans la maison, autour du lit, puis une ombre, des ombres, des signes et des indices. Le piano ouvert au petit matin, un voilage tiré, une chaise de la cuisine déplacée, une tasse de café sur la table.

Il prend des notes sur son téléphone pour ne rien oublier.

« J'ai tout de suite su que c'était elle. J'ai attendu des jours entiers, presque un hiver. Et tout s'est éclairé, enfin. Un matin, je l'ai trouvée assise face au piano. Ava m'a souri. Ma femme a repris sa place dans notre maison. La mort change tout et ne change rien, l'amour la dépasse, l'amour la sublime, l'amour peut tout, l'amour a tous les pouvoirs pour la dompter. Sans amour, la mort est le néant. »

— Alexandre ?

— Hum ?

— Parlez-moi de votre mère.

— Ma mère ?

— Oui, votre mère.

— Elle s'inquiète.

— Et ?

— Comment a-t-elle fait pour rester avec mon père ? Comment a-t-elle pu vivre avec un type qui frappait son enfant ? Pourquoi n'a-t-elle pas fui en m'emmenant avec elle, loin de la haine et du mépris de l'influent professeur ? Comment peut-on gâcher sa vie à ce point ?

— Et ?

— Rien. Mon père est à l'hôpital. Un cancer foudroyant a eu raison de sa malice et de sa vanité. J'attends de pleurer de joie au cimetière.

Alexandre n'imagine pas que son père va le poursuivre après ça. Qu'il entendra sa voix, ses histoires sur l'histoire et ses phrases assassines. Que ses mots le frapperont comme des coups de poing. Qu'après l'avoir roué de coups, il l'agonira d'injures. Qu'il priera pour qu'il se taise enfin.

On dirait que le soleil a fugué.

# Quatrième partie

# 22

## Tony

Putain, c'est donc ça, la mort.

La seule image qui me revient, c'est le camion, le jeune cheval un peu con, les torrents de pluie et le monde sur la route. Après, rideau. Plus rien.

C'est pas du tout ce que je croyais, et ça n'a rien à voir avec tout ce que j'ai lu et entendu sur le sujet toutes les fois où j'ai atterri à l'hosto après un accident en course. J'aimais bien lire des choses sur l'au-delà. Je me suis toujours intéressé à ce sujet ; peut-être parce que mon métier, c'était risquer ma vie sur un hippodrome, alors la mort et moi, on s'est frôlés pas mal de fois.

Même le coma, c'est différent. Dans le coma, on entend les gens qui parlent, sa mère qui pleure, son père qui ne dit rien ou la console, et les prières pour qu'on revienne.

Oui, j'ai passé trois mois dans le coma après une sale chute. Quand je pense que j'avais course gagnée et qu'à trois cents mètres de l'arrivée mon cheval s'est brisé la jambe.

Un pneu qui éclate sur l'autoroute à 250 kilomètres/heure… Ce jour-là, tout le peloton m'est passé dessus. Quatorze chevaux m'ont labouré le corps. À l'arrivée, vingt-sept fractures : genoux, tibia, poignet, lombaires, colonne vertébrale… en miettes, le Tonyo, de la tête aux pieds.

La tronche de ma mère quand les médecins lui ont annoncé que je ne remarcherais jamais.

Tout est dans la tête, j'ai répondu, et j'ai eu raison. Non seulement j'ai marché de nouveau – les médecins n'en revenaient pas –, mais je suis remonté en course. Eh oui !

Trompe la mort !

Trois mois de coma, dix-huit mois d'hosto. À cause de la cortisone, j'ai triplé de volume, et je n'ai jamais récupéré mon poids. J'étais devenu trop gros à mon retour pour les courses de plat. Donc j'ai choisi l'obstacle, bien plus dangereux. Et quand je dis l'obstacle, je dis toutes les courses d'obstacles : les haies, le steeple, le cross… Rien à faire ! Yalla, le destin ! Droit devant.

Je n'ai jamais eu peur. Jamais eu peur de rien, ni de personne. Tout est dans la tête.

Quelle vue quand même on a d'ici, quand on est mort ! C'est bien mieux que le coma : on voit et on entend tout.

Quand j'y pense, j'en ai fait, des conneries. J'ai joué avec la vie, depuis mes quatorze ans. J'en ai eu, des accidents, à cheval, en mobylette, en bagnole, et je m'en suis toujours sorti vivant.

Trompe la mort ! Mon œil ! T'as beau croire que tu vas toujours t'en sortir, et un jour…

Bye, bye !

Y a quelqu'un ?

J'aurais parié que, une fois là-haut, on retrouvait au moins les autres.

Ben non, faut croire qu'y a personne.

Là, gamin… Tranquille. C'est moi, Tony. De quoi t'as peur ? Arrête de bouger dans tous les sens, tu vas nous faire remarquer. Tranquille… On n'est pas bien là ?

Je sais que tu me vois, toi. Je sais que, même si je me suis tué, tu sens ma présence.

Va falloir que je repasse à la maison m'occuper d'Igor, il doit s'inquiéter, mon lézard.

C'est donc ça être mort ?

*

J'ai l'impression de voler. Peut-être que les morts sont des oiseaux ? Je me déplace où je veux, sans vraiment savoir comment, en une fraction de seconde. Rapide. Si j'allais voir ma tombe, à quoi elle ressemble ? Et puis non, je n'y tiens pas. Qui s'est occupé de moi juste après ? Des formalités, de tout ce qu'on doit faire et penser quand quelqu'un s'en va ? Céline ! Ça me revient. C'est mon ex-femme, et mon ex-entraîneur. C'est eux qui ont eu cette délicatesse. Je crois que mon ex-femme a pleuré quand elle a appris la nouvelle. C'est troublant comme les choses se remettent en ordre progressivement quand on est mort. On se souvient d'abord par bribes, puis tout devient net. Tout est dans la tête sur terre et une fois là-haut on perd un peu la boule au départ. Je suis un nouveau mort, je dois m'habituer. Combien de temps ça prend de se faire à l'idée qu'on n'est plus ?

Oh, Igor, pardon de t'avoir faussé compagnie. Ça va ?

Pourquoi tu trembles ?

Mais… Qui a rangé la maison ? Oh, quelqu'un entre. Céline ! C'est elle qui a mis mes affaires en ordre. Elle n'est pas seule. Elle est avec ma petite et… une jolie nénette en tailleur.

Oh, mon Dieu, ce que Marie a grandi ! Mais pourquoi je n'ai pas pris le temps de voir ma fille plus souvent avant de crever, de m'en occuper un peu, d'être un père ?

Chérie, mon amour, c'est moi, c'est papa !

Elle ne m'entend pas. Chérie ! Ça y est, j'ai pigé : la maison est à vendre et l'autre, là, en tailleur, c'est l'agent immobilier.

Et toi, Igor, tu vas faire quoi ? Tu peux aller jouer un peu avec Marie. Igor, ne fais pas ton timide, merde à la fin ! Sale lézard, tu m'entends ?

Je sais que tu m'entends. Les animaux m'entendent ! Les humains, non. De toute façon, les humains sont tout le temps sourds et aveugles.

Igor, je peux pas t'emmener avec moi. Tu comprends ? Donc sois sympa et peut-être que Céline te récupérera pour Marie… Mais que t'es con ! Igor !

# 23

# Élisabeth

Pour une fois, il a dîné plus que moi. Il avait l'air presque heureux. Enfin. Ses traits étaient plus détendus, plus apaisés. Alexandre m'a raconté sa matinée dans cette écurie dans les moindres détails. Intarissable. Je ne l'avais pas entendu parler de cette façon depuis si longtemps.

Je suis fière de mon fils. Il a réussi à remonter, et je le savais. Je savais que ça lui ferait le plus grand bien.

Cette écurie, c'est extra.

Je n'ai pas encore osé lui parler du centre équestre, ni de l'idée de retourner là-bas s'occuper des petits autistes. Ça aussi, je sais que ça pourrait lui faire du bien finalement. Mais bon, tout doux, chaque chose en son temps. Savoure cette victoire, ma vieille !

Je dois bien reconnaître que, sur ce coup-là, Alexandre a joué de malchance. Cet accident, quel drame épouvantable ! Le pire, c'est qu'il se sent responsable de cette tragédie. Si, si, il me l'a dit texto. À la fin, en se resservant un troisième verre de vin.

Ce n'est pas sa faute si ce monsieur s'est tué avec son cheval sur la route. Alexandre m'a quand même sorti cette phrase.

— Je porte la poisse, maman.

Alors là, je me suis fâchée.

J'ai dit à Alexandre de se reprendre. Et que bien entendu tout cela n'avait rien à voir avec lui. Que personne n'a le pouvoir d'agir négativement sur le monde. Qu'il devait se réjouir d'avoir pu remonter sur un cheval après tout ça et qu'on s'arrêtait là pour ce soir.

Et là, sa réponse m'a retournée.

— C'est papa qui me l'a dit… Il a recommencé à me parler. Il est tout le temps après moi. Il ne me lâche pas et revient sur la mort d'Ava… Joseph me poursuit, Joseph m'accuse, Joseph me répète que tout est ma putain de faute. Que si j'avais été là ce matin-là… ma femme et notre enfant seraient encore en vie.

J'avoue, j'ai menti. J'ai joué la comédie de la mère rationnelle.

— Mais enfin qu'est-ce que tu racontes, Alexandre ? C'est quoi, cette histoire ? Tu déraisonnes ! Comment veux-tu que ton père te parle ? Il est mort ! Tu sais bien que les morts ne parlent pas. Enfin, je me comprends. Tu devrais en parler à ton médecin. Tu vois bien toujours ta psychiatre ?

— Je te dis que Joseph me parle. J'entends sa voix. Tu comprends, oui ou non ? Il est tout le temps là à m'humilier. Dès que je sors la tête de l'eau, il revient m'enfoncer. Ce matin, ça n'a pas raté. J'étais presque bien. Et tu sais ce que ça m'a coûté de remonter sur un cheval. Tu sais ce que ça signifie pour moi. Alors entends-moi, s'il te plaît. Même depuis l'enfer, mon père continue.

— Alexandre, tu arrêtes de dire n'importe quoi ! Les morts te parlent, vraiment ? Et Ava ? Elle te parle ?

— Non, Ava ne me parle pas. Mais moi, je lui parle. Ava est là avec moi tout le temps.

Alexandre parlait fort, je l'ai supplié de baisser d'un ton.

— Tu ne me crois pas, n'est-ce pas ? Tu penses que je suis taré, toi aussi.

— Mais non, mon chéri, je te crois, allez, calme-toi.

# 24

# Tony

C'est nickel, ici, gamin. Je te raconte ?

OK. Je te préviens, c'est bizarre, ce truc. J'ignore pourquoi j'ai atterri là-bas. Enfin si, je sais. J'ai suivi la musique.

Je t'explique.

Je sortais de chez moi. Ça m'a remué de voir la petite à la maison, que Céline, des années après, prenait le temps de gérer tout mon bordel et s'occupait, après avoir organisé mon enterrement, de mettre un peu d'ordre dans ce que j'avais laissé.

Bref, j'avais le cœur gros, gamin. Après avoir vu Igor si tremblant, je me suis senti perdu. J'étais down et j'ai entendu cette musique, elle m'a consolé. J'ai trouvé que les arbres étaient beaux sous les rayons du soleil.

J'ai suivi cet air de piano. C'était un air de musique classique que j'avais déjà entendu. Et je me suis retrouvé dans cet appartement. Un trois-pièces clean, à mille ans de mon capharnaüm, avec des beaux objets partout, et des photos accrochées au mur. Et je ne te parle pas du canapé gris et des fauteuils assortis.

Dans les cadres à photos, y avait un couple de jeunes, très propre sur lui. Un type et une femme magnifique qui posaient. Et que je me dore la pilule sur une plage, et que je pars au ski, et que je fais de la plongée sous-marine.

Tu vois le délire, gamin ?

Y avait même, dans un coin, une série de photos où le garçon montait enfant à cheval en concours hippique. Il posait beau, un milord, à la remise des prix. Surtout, gamin, ça sentait bon ! Y avait juste une petite lumière et quelque chose de doux dans cet appartement. C'était zen. Et puis cette femme. Enfin, cette dame toute menue.

Elle me tournait le dos, assise devant une table, hyper concentrée sur… un puzzle ! Oui, gamin, t'as entendu, un puzzle. Attention, pas un truc pour les enfants. Un puzzle de pro. La petite dame, elle se fatiguait à terminer un 20 000 pièces au moins qui représentait un tableau avec des nénuphars. Dingue, non ? Et donc y avait cette musique, cet air qui jouait, ce truc obsédant qui partait d'une platine et filait par la fenêtre. Un CD quoi. C'était beau, gamin, j'avais les poils.

Là, tranquille... Pourquoi tu t'agites ? Arrête de remuer... Là, calme. T'es pas bien, au chaud dans ton box ? Cool, mon pépère, c'est moi, c'est Tony.

Bon, donc je reprends. D'abord, la petite dame, elle a rien dit. Puis elle a fini par bouger. Elle a levé un œil, puis l'autre. Elle s'est redressée, est partie dans sa cuisine et je sais pas pourquoi elle est allée chercher une bougie. Oui, une bougie, genre pour éclairer dans le noir, et elle l'a allumée. J'ai pas cherché à comprendre, je suis resté là, avec cette musique. J'ai continué à observer autour, les photos, une pianiste et un cavalier, le puzzle.

Je me suis demandé où j'avais atterri, si on allait finir par causer, si la vieille était morte elle aussi. Si c'était pas la première défunte que je croisais sur ma route. J'étais loin du compte.

J'ai remué, fait des signes, tu vois ? Mais rien. Nada. J'étais devenu transparent. Invisible, quoi. J'ai pas osé trop lui parler. J'ai pensé à ma grand-mère, puis j'ai multiplié les signes et quand la musique a fini par s'arrêter, il y a eu un silence, un silence d'hippodrome avant le départ d'un groupe 1.

C'est là que la vieille a relevé la tête. Elle a fixé sa bougie et elle s'est mise à parler.

Tu ne devineras jamais ce qu'elle a dit.

Elle m'a dit :

— Schubert, épatant ! Ça vous plaît, j'espère. Le morceau préféré d'Ava. Cette sonate, ma belle-fille la jouait à merveille en concert, je ne vous raconte pas. Plus personne ne respirait. C'est sublime, n'est-ce pas ? Soyez le bienvenu, Tony. Je vous attendais.

# 25

# Alexandre

Même si le rythme avait baissé et que je ne la voyais plus qu'une fois par semaine, j'ai eu besoin de faire un break, de mettre nos séances sur pause. Brigitte m'a prévenu : ce n'était pas parce que j'allais mieux et qu'on espaçait les rendez-vous qu'il ne fallait plus venir la voir. On ne pouvait rien laisser présager, ni dans un sens ni dans un autre. On devait approfondir, travailler sur mes peurs et mon anxiété, pour en finir avec ce stress post-traumatique et passer à une autre étape, bien me reconstruire.

Brigitte a voulu profiter de l'occasion pour faire le point, dresser un bilan. De mémoire, elle a évoqué mon manque de douceur, de compassion et de tolérance envers moi-même. Autant de manquements qui alimentaient mes sensations d'étouffement, me réveillaient, accentuaient mes difficultés relationnelles. Elle a évoqué ma peur de la solitude et ma capacité à rester en retrait, silencieux, puis celle à résister, à ne pas vouloir guérir.

J'ai pensé : guérir de quoi ? Est-ce qu'on guérit un jour de la mort de sa femme ?

Brigitte a insisté ; elle m'a redit qu'elle était là pour m'aider à identifier et anticiper mes mécanismes, transformer mes habitudes, créer des schémas vertueux, continuer à me permettre de m'apaiser. En comprenant mes dynamiques mentales, je finirais par traverser la tempête de ce deuil.

— Je vous laisse réfléchir, Alexandre, et apprécier la situation. Mais nous revoir, dans votre état, me paraît indispensable. Bien sûr, vous n'êtes plus le même garçon que celui qui a débarqué ici il y a trois ans. Vous allez beaucoup mieux, mais vous êtes un peu du sable mouvant. Donc soyez sérieux et régulier, et tout ira bien. Je ne peux pas prendre les rendez-vous à votre place. Il y a des gens qui souffrent autant que vous et qui ont besoin d'être aidés. Souvenez-vous. Donc, si vous ne pouvez pas venir, aucun problème, vous m'appelez et on cale une autre séance.

J'ai annulé les trois dernières, elle m'a écrit pour me demander si j'allais bien. Je n'ai pas répondu. Pas le cœur à jouer la comédie. L'envie de disparaître des radars, pas de revenir sur tout ça, ni de lui parler vraiment, ni de simuler encore et encore, de jouer au type qui surmonte et va mieux, ce théâtre. Pas le moindre désir de faire semblant, de justifier Ava dans mon salon, la voix de mon père dans la voiture. Ma vie.

Mais après le dîner avec ma mère, après cette matinée à cheval aussi folle qu'angoissante, après l'accident du camion, la disparition de ce lad que je ne connaissais pas, la mort du cheval, et la coïncidence avec mon retour dans une écurie, j'ai composé son numéro.

Brigitte a décroché à la première sonnerie et m'a donné rendez-vous pour le surlendemain.

Jupe beige, gilet assorti, chemisier blanc. Elle est apparue rayonnante dans la salle d'attente. Elle paraissait heureuse de me retrouver. Sans un mot pour mes absences, elle m'a invité à m'asseoir et, pour la première fois, c'est moi qui ai ouvert la bouche. Je lui ai raconté les chevaux, leur pouvoir, ce qu'ils m'avaient apporté toute ma vie et mes retrouvailles avec eux. Je lui ai parlé de Victoire, de son invitation, de la proposition de Sophie d'essayer de monter les pur-sang, de mon hésitation, de mes trajets nocturnes, de la couleur du ciel au levant, du cheval gris, de mes sensations sur les pistes, du cœur qui se fend et éclate à la vitesse du canter, de la respiration, de cette manière qu'un cheval a de vous appeler à revenir à vous et de vous dénouer, de l'honneur qu'il vous fait en vous laissant monter sur son dos, des images qui ont défilé dans ma tête ce matin-là : la main d'Ava dans la mienne, mon père, le centre équestre, les enfants différents des samedis matin du temps où je m'occupais d'eux, de mon incapacité à retourner là-bas, des prédateurs et des proies.

Après m'avoir écouté, Brigitte est revenue sur le centre équestre. Elle a voulu me parler des enfants du samedi. Elle a insisté pour savoir et m'a posé plusieurs fois la question. Elle voulait comprendre pourquoi, presque trois ans après, je ne prenais pas le temps de revenir au centre équestre.

Juste une fois, pour voir.

Elle a tenu à ce que je lui explique avec mes mots en quoi renoncer à ce que j'aimais pouvait une seule seconde servir mes intérêts et avait la moindre chance de ressusciter Ava. En quoi renoncer à la vie aidait à consoler du fracas, à dépasser nos pertes.

Et puis elle y est allée franco : en quoi étais-je responsable d'être parti ce matin-là, le jour de sa mort ? « Vous n'êtes pas devin ! » Elle m'a demandé de lui expliquer, d'arrêter de tourner autour du pot, qu'on était au-dessus de la zone de combat depuis trop longtemps, et qu'il était temps enfin d'avancer. Qu'il était temps pour moi.

Comment étais-je si sûr que j'aurais pu la sauver ce matin-là ?

Était-ce plus facile de regretter que d'accepter ?

En quoi me sentir coupable changeait la situation, me convenait, m'arrangeait ?

Combien de temps voulais-je prendre encore à ne pas avancer ?

Que dirait ma femme si elle pouvait ?

Je suis resté figé. Et j'ai senti dans ma gorge comme un grand corbeau noir.

Le visage de mon père est apparu sur le corps de Brigitte, sa voix est sortie de sa bouche, sa voix grave et détachée, son timbre lourd et menaçant.

— *Tu es vraiment un pleutre et un lâche incapable d'assumer les conséquences de ses actes. Une petite chose fragile qui sème la désolation autour de lui. Non mais regarde-toi ! Un peu de courage, nom de Dieu ! Qu'est-ce que tu viens pleurnicher devant cette bonne femme ? Avec ce que tu lui as déjà laissé depuis tout ce temps, tu aurais pu largement t'acheter une paire de couilles ! Les chevaux ceci, les chevaux cela... Ouin, ouin ! Les chevaux ont tué ta femme. Tu as tué ta femme, vous avez tué Ava. Ava et votre enfant ! Car oui, si tu avais été là ce matin-là, tu aurais pu la sauver en appelant les secours à temps. Si tu avais été un homme, tu aurais assumé ton rôle, tu ne serais pas parti dans ton centre équestre de misère faire le guignol avec les ratés des autres. Vas-y, raconte-lui la vérité, à ta psy, ma pleureuse, redis-lui clairement que tu n'as pas su être là quand il aurait fallu, que tu es responsable et qu'il n'y a rien à ajouter, aucune excuse. Moi, je vais te dire une chose : à ta place, je n'aurais jamais osé recroiser un canasson après ça, même dans un dictionnaire, je n'aurais jamais osé remettre un orteil dans une écurie. Dis-toi bien que remonter sur un bourrin, c'est les tuer une nouvelle fois. Et tu t'imagines retourner ne serait-ce qu'une seule fois dans ce centre équestre ? Autre chose : continuer à payer ta psy pour déballer tes conneries, c'est abandonner ta famille à nouveau. Relis donc Marc Aurèle : « L'homme ordinaire est exigeant avec les autres. L'homme exceptionnel est exigeant avec lui-même. »*

Brigitte a retiré ses lunettes pour les essuyer, levé la tête en cherchant ses mots et m'a lancé qu'elle trouvait que j'allais vraiment mieux. Elle était fière de moi.

— Alexandre, depuis le temps que vous attendiez ce moment, vous voilà prêt. Les pur-sang vont vous guider, c'est certain. Réfléchissez. Je vous demande de reconsidérer votre position. Qu'avez-vous à perdre ? Essayez de retourner dans ce centre équestre au moins une fois pour voir. Retrouver ces enfants pourrait sûrement vous aider à franchir une étape essentielle dans votre reconstruction.

— Pardon ?

— Réfléchissez. Bien, nous allons nous arrêter là-dessus. Ah non, une dernière chose, Alexandre : si vous vous sentez d'une manière ou d'une autre liée à la disparition de ce monsieur en camion, rappelez-moi avant la prochaine séance.

*

Impossible de fermer l'œil. Je ne trouve pas le sommeil, je me retourne sans arrêt dans mon lit. Je pense à eux. Aux enfants. À ces petits que j'aimais tant accompagner, à ce centre équestre, à Paul et Ida, aux chevaux, bien sûr. Le pire, c'est que mon père a raison. Je ne pourrai jamais retourner là-bas. Te faire ça, Ava, tu ne comprendrais pas. N'est-ce pas ?

Réponds-moi. Toi aussi, tu penses que tout aurait été différent si j'avais été là, si je n'étais pas parti ce matin-là dans la forêt avec les enfants différents ? Toi aussi, tu crois ça ? Ava ? Je suis responsable de ce désastre ! Ne t'inquiète pas, mon amour, je n'y retournerai jamais. N'aie pas peur, Ava. Je te demande pardon...

Ava... Aide-moi ! Dis-moi que je suis innocent ! Que je ne pouvais pas savoir ! Ava ? Dis-moi que je ne pouvais pas savoir... Que je ne vous ai pas tués !

Assis sur mon lit, je soliloque depuis des heures, dans l'obscurité de ma chambre, à penser tout et son contraire. Je suis tour à tour coupable et innocent.

Je suis seul en proie à une colère sourde. Je sors de mon lit, me colle au mur, mains sur la tête. Je ne veux plus céder. J'entends la voix de mon père et cherche à la contrer. Je l'interpelle avant qu'elle ne prenne toute la place et décide que cette fois, la voix, c'est moi.

— Encore toi ? Qu'est-ce que j'ai aimé le jour de ta mort ! J'en ai chialé de joie et de bonheur. Il y avait tant de monde à ton enterrement. Et pourtant il n'y avait personne. Même maman n'était pas triste. Elle avait du mal à cacher son soulagement. Libérée du monstre. Tu es parti en moins de temps qu'il n'en faut pour le dire. Ton cancer a été foudroyant, un éclair de rien du tout comparé à ces années que tu nous auras fait subir. Donc maintenant que tu es sous terre, en train de servir de repas à la vermine, fous-moi la paix ! Je ne te laisserai pas venir me bercer de tes insanités. Je t'ai trop entendu. Laisse-nous tranquille, garde tes coups bas et ton vice pour les enfers. Une chose est sûre : là où tu demeures tu n'as aucune chance de croiser Ava. Jamais.

Je répète ces mots, les articule et les crache, j'ouvre la fenêtre et dans le noir m'adresse à lui vers le ciel.

— Je veux que tu m'entendes, que ta mort emporte avec elle la trace de tes coups. Je ferai bien ce que je veux avec le centre équestre et les enfants différents. Ça ne te regarde pas. Ma vie continue, la tienne est terminée. Tiens, regarde, j'y pars maintenant. Là tout de suite. Je n'y suis pour rien. Je suis innocent et je m'en veux, crois-moi, sacrément ! Espèce de fumier.

*

« Au lieu de se concentrer sur le passé, on doit augmenter notre tolérance aux choses qui vont bien maintenant. » Les mots de la psy me reviennent.

J'ouvre un œil.

Je sors de mon rêve, allume.

Assise sur un fauteuil, Ava me fixe.

Je suis innocent.

# 26

# Tony

« Je vous attendais… »

Tony est saisi dc stupeur.

Interdit, bercé par la musique. Il attend sans un mot, intimidé, qu'Élisabeth s'explique. Ce décor, ça le change de ce qu'il a toujours connu, des écuries, du camion, de sa maison vide et triste hantée par un lézard, où ne trônait plus à la fin qu'un vieux canapé défoncé face à une table basse bringuebalante et un téléviseur sans âge.

Il se tait.

Élisabeth l'attendait. Comment le pouvait-elle, puisqu'il est mort ? Il réfléchit et se dit qu'elle est donc morte elle aussi… Non, cette femme est bien vivante. Et lui ? A-t-il ressuscité ou erre-t-il encore sur terre ?

— Quelque chose ne va pas, cher monsieur ? Je comprends. Je peux vous appeler Tony ?

Tony, voici un début d'explication. Posons d'abord les règles. Sachez que, si vous me voyez, moi je ne vous vois pas. Je parle aux défunts, je sens leur présence, mais je ne peux pas les voir. J'ai mes limites, quand même. Donc disons que je sens votre présence. Quant à la bougie, là, c'est mon instrument. C'est un peu gadget, un clin d'œil, ne vous en préoccupez pas trop. C'est un truc de vieille petite fille. C'est mon folklore, si vous voulez. Mon objet fétiche, quand des défunts m'interpellent pour se confier et me raconter leurs problèmes ; vider leur sac, si vous préférez. Oui, je suis une confidente. Et j'en entends de bien belles, croyez-moi… Pardon, je m'égare. En ce qui vous concerne, c'est moi qui vous ai sollicité. Après tout ce que j'ai donné aux morts que je n'ai jamais connus de leur vivant, je voudrais pour une fois compter sur l'un d'entre eux pour m'aider.

— Et donc ?

— Donc je vous attendais. J'ai senti que quelqu'un allait bientôt me rejoindre pour m'aider.

— Vous aider ? Mais vous aider à quoi ?

— À redonner le goût de vivre à mon fils.

— Mais je sais pas qui c'est, moi, votre fils… Je pige rien !

— Soyez patient. Il sera là dans un instant. Vous allez tout comprendre.

Le bruit d'une clé dans la serrure.

Alexandre se tient devant sa mère sur le pas de la porte, voûté, les cheveux ébouriffés. Il paraît immense et fragile à la fois. De larges cernes tailladent un regard enfantin ; il est las et triste, rivière de chagrin desséchée. Tony le trouve maigre, si maigre qu'il ressemble à un cheval abandonné, mal fagoté, déjà vieux et encore adolescent, avec son jean trop grand et ses baskets sales… À la dérive.

Sa mère se tient derrière lui, silencieuse. Petite dame élégante, droite comme un point d'exclamation, tirée à quatre épingles, tailleur bleu, foulard et rouge aux joues. Tony pense à sa grand-mère, sent chez elle une bonté. La lumière se fait crue. Le fils et la mère échangent peu de mots. Elle aimerait un thé. Alexandre file dans la cuisine le préparer. Élisabeth et Tony sont à nouveau seuls, il l'interpelle.

— Nous deux, on se connaît ?

— Je ne vous connais pas, non. Je vous espère. Depuis le mariage de mon fils. J'ai su ce jour-là que nous nous rencontrerions.

— Hein ?

— Un flash. Je vous ai vu venir sauver Alexandre de la noyade et le remettre en selle vers la vie. Quand mon fils m'a raconté le drame épouvantable à l'écurie, j'ai eu l'intuition que ce n'était pas un hasard. Et que l'homme qui s'était tué était peut-être le cadeau du ciel que nous attendions Ava et moi pour Alexandre. Et quand j'ai compris qu'il s'agissait... que vous étiez... enfin, je veux dire, que vous étiez un homme de cheval, alors je n'ai plus eu aucun doute.

— Je suis mort pour sauver votre fils ? Vous rigolez ou quoi ?

— Non, vous n'êtes pas mort pour sauver Alexandre. Mais vous pouvez nous aider.

— Et j'y gagne quoi, moi ?

— La possibilité de vous libérer vous aussi et de ne pas passer l'éternité à errer comme ça au royaume des vivants, à passer à l'étape supérieure si vous préférez. Bref, à vous libérer. Qu'est-ce que vous croyez, mon vieux, mourir c'est du boulot !

— Me libérer ? Mais de quoi ?

— De votre karma ? Qu'est-ce que j'en sais ? Monsieur Tony, les vivants n'ont pas de pouvoir sur les morts. Seule une infime poignée d'entre eux, dont votre serviteuse, a la capacité de sentir les absents et de leur parler. Aujourd'hui j'en sais suffisamment pour vous dire que tous les morts ne sont pas logés à la même enseigne. Et qu'il y a des étapes à franchir avant de prétendre à la paix éternelle. C'est amusant, n'est-ce pas ? Par ailleurs, les humains qui prétendent voir leurs morts, je n'y crois pas un seul instant. Je suis persuadée qu'ils ne voient que leurs souvenirs, c'est du « bullshit », comme disent mes petits-enfants d'Amérique. Ces visions sont des reflets trompeurs que leur cœur ravagé projette dans leur esprit. Des hallucinations construites de toutes pièces par les traumatismes. Aucun dialogue ne peut s'établir dans ces conditions. Alexandre en est la preuve : il croit voir Ava. Voir partout l'autre quand il n'est plus empêche de vivre le temps qu'il reste et d'avancer. C'est bien cela qu'il faut guérir chez lui, c'est la seule solution aussi pour sa femme de vivre sa mort en paix. Qu'il se libère enfin et qu'il la laisse partir. Vous comprenez, Tony ?

— Pas vraiment.

Élisabeth retourne un moment à son puzzle, ferme les yeux. Elle continue.

— Beaucoup de morts qui me contactent ont des problèmes de vivants, en général des regrets sur lesquels on ne peut plus rien. C'est trop tard. S'ils refusent de l'admettre, alors ils restent dans cette mort tumultueuse à errer ici. En revanche, ceux qui parviennent à l'accepter et à s'en libérer trouvent la paix pour toujours sans plus aucune souffrance. Certains sont mêmes capables de renaître.

— C'est-à-dire ?

— Je ne sais pas, cher ami. Je suis juste connectée avec les morts du premier niveau, vous voyez, ceux qui errent. Et si nous sommes en train de discuter, c'est que vous errez, vous aussi, et que vous en avez un sacré.

Tony se tait, et reprend.

— Un sacré quoi ?

— Regret.

— Mais enfin, madame…

— Appelez-moi Élisabeth.

— Oui, si vous voulez, madame… euh, Élisabeth. Vous ne savez rien de moi. D'ailleurs, comment vous avez deviné que je suis le type du camion ?

— Vous sentez le crottin.

Une voix s'échappe de la cuisine.

— Maman ?

— Oui, mon fils.

— Tu me parles ?

— Non, non, je réfléchis à mon puzzle en attendant mon thé.

*

Non mais, gamin, regarde-toi ! Tu as l'air en pleine forme ! Tu n'aurais pas un peu grossi ? Que tu es beau ! Tu t'embourgeoises, mon champion ! Alors, ta nouvelle vie ? En tout cas, elle a l'air mieux que la mienne. Non, mais tu verrais le topo… Qu'est-ce que je suis venu foutre dans cette histoire ? Et moi qui croyais en la paix éternelle. J'ai que des emmerdes depuis que je suis mort. J'erre au milieu des vivants, comme un fantôme. Il paraît que c'est mon destin. Que j'ai quitté cette terre pour sauver un guignol et que, tant qu'il n'aura pas retrouvé la joie de vivre, on ne me fichera pas la paix.

Je t'explique, mon champion : les morts, ils ne grimpent pas au ciel direct, y a des paliers. Et quand t'as pas tout réglé dans ta vie, tu ne montes pas vraiment avec les anges, t'es un apprenti. Donc tu te tapes les basses besognes, et c'est que quand t'as purgé et rangé tous tes dossiers que ciao, la compagnie ! Comme dans une écurie. Non, mais la sorcière ! La petite dame, elle est charmante, mais c'est pas mon histoire. Elle me dit que si je l'aide, j'aurai plus de regrets et que je pourrai m'en aller enfin tranquille. C'est quoi, mes regrets, à part d'avoir été un père en paille et de t'avoir laissé là ? Remarque, c'est déjà pas mal pour un seul bonhomme. Mais qu'est-ce que j'y connais, moi, à l'amour ? L'amour ! Tu parles d'une usine à gaz. Ça m'a toujours foutu la trouille. Donc me voilà en charge d'un type qui n'arrive plus à aimer la vie et à se remettre de la mort de sa femme. Non, mais tu m'as bien regardé ? Est-ce que j'ai une tête de super-nounou ?

C'est à cause de la musique. C'est ce morceau qui m'a piégé. Non mais tu l'aurais entendu… Quelle beauté ! Ah oui, sa femme était pianiste. J'ai vu sa photo, une vraie splendeur. Si on s'était rencontrés sur terre, pas sûr qu'elle m'aurait calculé. Une princesse, une vraie de vraie, le genre qui t'ensorcelle avec sa voix. Non, mais cette musique… Donc j'ai suivi la mélodie et la mélodie m'a entraîné là-bas et je me suis retrouvé avec la petite dame.

En fait, c'est elle qui m'appelait ! Elle dit m'avoir vu, il y a des années, au mariage de son fils. N'importe quoi ! Mais qu'est-ce que j'y peux, moi ? Et le plus dingue, le gars monte à

Maisons-Laffitte, là où j'étais censé emmener le cheval, le jour de ma mort. Dans la même écurie. Le monde est petit, non ?

Mais qu'est-ce que je peux y faire, moi, à son problème ? Il n'arrive pas à l'oublier, il n'arrive pas à l'oublier ! Qu'est-ce que je viens faire dans cette histoire ? Tout est dans la tête, gamin.

# Cinquième partie

# 27

# Alexandre

Elle a tout de suite rappelé. Sophie l'a encouragé à revenir, à oublier cette première impression gâchée par la tragédie, l'annonce de l'accident. Elle a pris le temps de lui demander de ses nouvelles et de lui proposer de monter à nouveau dans de meilleures circonstances, enfin s'il voulait, elle n'y voyait aucun inconvénient. Alexandre a été touché par son geste, et il est revenu à l'écurie, une fois, puis une autre. Depuis trois mois, c'est deux fois par semaine qu'il prend sa voiture et traverse le tunnel, fend l'obscurité jusqu'aux premières lueurs, et à l'aube se gare à l'écurie.

Évidemment, son père ne se tait jamais bien longtemps. Le trajet est ponctué de ses saillies. L'histoire des courses croise le fer avec les punchlines de Marc Aurèle : « Tu n'es qu'une petite âme portant le fardeau d'un cadavre. »

Alexandre choisit de se taire, de ne pas répondre à cette voix, aux provocations de son géniteur. Il se sent mieux, plus fort, plus déterminé, surtout depuis qu'Ava l'accompagne là-bas, dans la voiture. Il se concentre sur elle. Ava est assise à la place du mort, ou derrière, et dans le rétroviseur porte un doigt sur sa bouche.

Pied au plancher, plus sûr de lui, Alexandre allume une cigarette, puis une autre, monte le son de l'autoradio quand il l'entend murmurer, ouvre les fenêtres, accélère et n'a plus besoin du GPS pour trouver le chemin des pur-sang. Il fait son trou et le froid de l'hiver souvent glacial n'a pas raison de sa détermination. Il se sent bien là-bas, avec eux, avec les cavaliers du matin à un continent du sien et de sa trajectoire, dépaysé, jetlagué, étranger.

Les autres s'appellent Manon, Jean-Philippe, Albane, Émilie, Jérôme, Benoît, Lise. Personne ne se doute de qui est Alexandre. La vie continue à l'abri ; les gens des courses se préoccupent rarement des grondements du monde, alors d'un cœur empaillé… Ils sont à leur affaire, au travail des champions, à leurs soins et à leur soif de victoires.

Dans une écurie, on ne se retourne pas.

Alexandre renoue avec le présent, les mains sur la fourche d'un box à vider, sur une brouette de fumier, sur une couverture à étendre, dans la mangeoire d'un cheval à nourrir, un seau d'eau à remplir. Il se concentre et accepte les règles du jeu. Il fait désormais presque partie du décor. Cette position d'intrus dans un monde qui tourne rond lui convient. Devenu familier, ce terrain le rassure. Et puis, il est fier. On ne l'aide plus à préparer, il sait où sont rangées les choses, où se trouve le matériel qu'il doit prendre, le cheval qu'il se voit confier. Les ordres sont disposés sur le tableau métallique de la sellerie, une étiquette de couleur porte son prénom, le nom de son compagnon du jour est collé à côté chaque matin. Rien ne vient parasiter ce métronome. Chacun, chaque chose est à sa place, et cet ordre manifeste l'aide à dépayser ses angoisses. Il a l'impression de revivre. Il est fier. Fier quand il monte ; fier après avoir suivi un lot ; fier qu'on ne le remarque pas. Il sait.

Il est encore persuadé qu'Ava le regarde, alors il lui parle encore et encore. Elle est avec lui, elle est derrière lui, elle est devant lui, sur la croupe ou en amazone, et lorsqu'il s'élance au milieu des autres, ils s'élancent ensemble à pleine vitesse sur la piste. Le vent fouette son visage et le rire d'Ava le remplit. Ses compagnons du matin l'entendent, et ça leur plaît qu'il manifeste autant d'enthousiasme.

Ils en conviennent devant lui : ils ont de la chance d'être tombés sur un type aussi sympathique, régulier, appliqué et si discret. À sa joie de vivre, les autres répondent par des rires complices et des gestes attentionnés, distillent leurs conseils ; monter un cheval de course, c'est autre chose que partir en balade avec un cheval ordinaire. Il y a des choses à savoir, des intuitions à développer, un cuir à tanner et des vertiges à prendre. Alexandre n'a pas peur, et, en équilibre sur son cheval, défie le monde.

La prise de risque est le meilleur remède à la souffrance.

On n'a plus peur quand on n'a rien à perdre.

En plein galop, il continue de lui parler. Parfois, le long des allées, une autre vision le surprend : les enfants différents l'applaudissent, sa mère lui fait signe, à l'arrivée, Paul et Ida l'attendent, les bras tendus vers lui.

Il en est là.

Quand il quitte l'écurie, le cœur d'Alexandre replonge dans le noir. Il monte dans sa voiture, roule jusqu'à son travail et, pour contrer les charges de son père, monte le son d'une musique festive. Au bureau, il reste hypnotisé derrière son écran, figé, mutique dans un dialogue intérieur avec sa femme. Ses conversations secrètes sont interrompues par des images, bribes de souvenirs d'écurie.

Quand Alexandre rentre chez lui, il ne dort que quelques heures. Dans cette veillée obligée, les pensées s'entremêlent. Ava est assise au bout de son lit et lui tourne le dos. À quoi pense-t-elle ? Parfois, elle s'installe au piano. Il se redresse et pense aux pur-sang, aux enfants du samedi, à l'envie de les rejoindre, de retrouver son centre équestre et l'innocence de sa vie d'avant, d'avant la fin du monde. Il tente de chasser cette pensée, se retourne dans son lit.

Seul.

Hier, la psychiatre a été claire avec lui. L'ovale du visage de cette phrase apparaît. « Le bien-être dépend de notre harmonie interne, pas du contrôle qu'on exerce sur l'extérieur. »

# 28

# Élisabeth

On dirait que la vie me gâte. Ava est gentille avec moi, douce et attentionnée. Elle passe me voir presque tous les jours. Elle se plante dans ma cuisine, et j'entends son silence. Sa voix tue me rassure, cherche à m'apaiser. Elle chante quelques notes, me berce, et parfois vient un mot, une intonation qui me dit de ne pas m'inquiéter, que nous sommes proches du but, qu'Alexandre va parvenir à dépasser la perte et le chagrin, à larguer les amarres de l'obscurité, à repartir enfin du bon pied et tous, alors, nous serons délivrés. Et puis je mets mon disque de Schubert.

Elle est là, la clé dans notre famille, un seul blessé contamine et fracture tous les cœurs, une âme boiteuse et c'est tout le clan qui claudique. Les morts végètent souvent entre deux mondes le temps que les deuils s'accomplissent et que les vivants se reprennent. Rien de bon ne découle du chagrin quand il dure trop longtemps, et depuis ces trois longues années, nous sommes tous perdants. Seule la libération offerte par la mort de Joseph nous a permis à tous d'avancer, et dans le corridor des enfers, certainement que cette idée crucifie le bourreau. Elle nous oxygène.

C'est ainsi, certains humains voient au-delà de la vie, sentent les défunts qui veillent encore et les aident à se libérer pour partir enfin vers leur destination, là où une autre aube les attend pour regagner enfin une paix tant désirée. Nous préparons aussi ton voyage, ma chère Ava. Et il est temps d'avancer. Un jour prochain, chacun retournera à sa place, les vivants avec les vivants, les morts avec les morts, et ne demeureront ici-bas que les souvenirs heureux.

Il n'y a qu'à regarder le ciel au petit matin et la nature autour pour le constater : l'existence est toujours plus forte à la fin que nos peines et l'étendue de nos petites vies.

Alexandre est la pierre de l'édifice qu'il convient de remettre à sa place, et sa place est à ce jour et pour longtemps encore parmi les vivants.

J'arrose mes plantes, et je fume une cigarette. Dehors, tout est calme, que cette nuit est douce, presque ravissante. Ma bougie se consume sur la table de la cuisine ; elle renvoie des ombres sur le mur, j'y vois des cœurs et des dragons, c'est dire. Est-ce que tout va bien ? À défaut de me porter comme un charme, je n'ai pas de quoi me plaindre, juste cette impression de me traîner. J'ai dû attraper un coup de froid. Ça va passer, je prends sur moi. Mes enfants demandent de mes nouvelles, je joue à la mamie moderne avec ma tablette et fais semblant de m'intéresser à ce que me baragouinent mes petits Américains. Je ne veux inquiéter personne. Les vieux passent leur temps à paniquer et à paniquer leur entourage, pas moi. Je ne suis plus un problème, mais le début de la solution. Ça me convient mieux. Il m'en a fallu du temps pour comprendre. Ce n'est pas le moment d'en rajouter mais d'amadouer. Et puis je me dois de tenir pour Alexandre.

Garder le silence, donner le change, j'ai fait ça toute ma vie avec mon mari. J'aurais mieux fait de le tuer au bout du compte et d'en profiter.

# 29

## Tony

Elle m'a pris pour un magicien, la vieille ? Je suis allé observer son fils dans son écurie. Tu verrais le dossier, gamin !

De l'extérieur, le gars a l'air normal. Mais dedans, c'est fissuré, un truc de dingue ! C'est fou ! Quand tu es mort, tu vois à travers l'âme des gens, et la sienne, elle est striée, labourée comme un champ de courses après un orage. Qu'est-ce que je peux faire de ça ? J'en ai rééduqué, des cas cliniques, mais c'étaient des bourrins indomptables, pas des torturés du ciboulot.

Lui, c'est du lourd.

Là, tranquille, gamin. Arrête de gigoter dans ton box, tu vas nous faire repérer. Va falloir te faire à l'idée : c'est pas parce que je me suis tué sur la route que j'ai plus le droit de venir te caresser et te bichonner encore un peu. Et c'est pas parce que je suis devenu invisible qu'il faut foutre le bordel quand tu sens ma présence.

Bon, qu'est-ce que je disais ?

Ah oui, à cheval, au moins, ça roule à peu près. Pas l'Amérique, pas la bérézina non plus. Sur les pistes, il ressemble encore à un fer à repasser. Manque de souplesse évident. On voit qu'il est habitué à monter à cheval, mais pas les pur-sang de course. Bon, il est humble, c'est déjà ça. Y a moyen de l'améliorer. Pour le reste, qu'est-ce que tu veux que je te dise ? Il est cassé de l'âme. En quoi j'ai la clé pour l'aider ?

Tu vois, gamin, dans le fond, c'est sûrement un gars bien, mais il a cet air flou qui balafre sa trogne de mec propre sur lui… Cette cassure en plein front, qui lui descend le long du visage. C'est très clair. Je connais cette ombre. C'est l'empreinte des coups donnés par un père. Ces types-là, je les connais, gamin, j'en ai été un toute ma vie. Il a passé son enfance à prendre des beignes, et des sacrées en plus, qui vous dévisagent une vie pour l'éternité.

On n'est pas rendus.

# 30

# Alexandre

Il arrive juste à l'heure. Brigitte lui ouvre la porte sans un regard. Il la suit dans la pièce, s'installe sur le divan, ne prend pas le temps de retirer son manteau, prétexte qu'il a froid, et attend que leurs regards se croisent enfin.

Elle termine de prendre des notes, sûrement à propos du rendez-vous précédent, et elle sort son dossier, une pochette rouge avec son nom marqué dessus. Elle balaie vite fait et tire une feuille, avant de le fixer avec douceur et considération, et de lui lancer qu'elle a préparé quelque chose pour cette séance du jour. Elle lui demande s'il est prêt. En jetant un œil par la fenêtre, il voit que le soleil revient, le ciel se dégage crânement pour défier l'hiver, mais le froid, lui, persiste. Le printemps est encore loin.

Elle l'invite à se détendre, l'enveloppe de toute la douceur de sa voix. Le programme du jour consiste à répéter des phrases, des mantras destinés à s'ancrer dans l'inconscient pour l'aider à passer un cap et avancer plus vite dans son deuil. Alexandre tente l'exercice. Il est question de rendre réelles ses idées, d'en finir avec les croyances limitantes, conditionnement de l'enfance et de l'éducation, qui imposent à chacun un rapport au monde plus qu'elles ne permettent de le choisir et de le déterminer librement.

Alexandre pense à un lavage de cerveau, une tentative de déprogrammation, et la psychiatre ne souhaite pas développer plus que ça. Brigitte se contente d'aligner des phrases, que son patient doit répéter pour aller mieux. C'est une étape importante de la thérapie.

— On a le pouvoir de rendre réelles les idées. Si on se focalise sur ce qu'on ne veut pas, on l'attire. Chercher à se focaliser sur ce que l'on veut est préférable. La plus grande peur nous vient de l'intérieur. On est l'artiste de sa vie.

Alexandre éclate de rire. Un grand rire sec et nerveux. Brigitte paraît étonnée. Il lui demande pardon. Il la trouve stupide avec ses mantras. Il se justifie en disant qu'Ava fait tout pour le déconcentrer et s'adresse à elle en tournant la tête vers la place vide.

— Ava, tu compliques cette séance.

Il rit à nouveau, puis se met à pleurer. La psy le reprend d'un ton docte :

— Revenez à notre séance, Alexandre. Et répondez-moi : combien d'amour et d'abondance êtes-vous prêt à vous permettre ? De quelle façon entravez-vous votre propre voie ?

— Je vous dis qu'Ava m'empêche de me concentrer.

— Alexandre, restez avec moi. Pourquoi pleurez-vous ? N'ayez plus peur. La peur, c'est l'excitation sans la respiration. Prenez une grande respiration quand la peur est là. Affrontez l'absence. Ressentez-la enfin au lieu de vous acharner à faire semblant. Votre femme est morte.

Alexandre se lève brusquement.

— Vous êtes sourde ?

Brigitte fait mine de rien et enchaîne :

— Un sentiment de culpabilité et de déloyauté vous entrave et vous empêche de revenir dans la vie. La vie vous attend, Alexandre. Plongez-y. La vie se transforme quand on laisse tomber sa dépendance à l'inquiétude.

— Vous êtes sourde et folle.

— La critique et le blâme sont des dépendances. Essayez de supprimer ce comportement pendant une journée. Pensez aux chevaux. La résistance est un sac à dos rempli de pierres que l'on transporte sans s'en rendre compte. Le vôtre est bien lourd, Alexandre, si lourd. Lâchez les rênes ! Est-ce que le déni va vous rendre votre femme ? Alexandre, Ava est morte et vous devez l'accepter. Vous entendez ? Il est temps pour vous d'avancer. Répétez après moi maintenant et regardez-moi : « Ava est morte. Et je dois vivre. »

— Je vous emmerde.

La porte ne claque pas. La psy la retient juste avant. Le cri d'Alexandre retentit dans l'escalier.

Brigitte revient à son cabinet et note sur la première page de son dossier :

« Enfant battu. Chaque fois que nous faisons du mal, nous le faisons à tous nos descendants qui le porteront sans en être conscients jusqu'à leur mort. Ce qui empêche l'amour, c'est la peur. La violence naît d'un vide intérieur. »

# 31

# Élisabeth

J'ai débranché mon téléphone. Ce puzzle m'aide à ne plus trop penser et cette fatigue me pèse. Une verveine et au lit. Ça ira mieux demain. J'irai marcher. Le grand air me fera du bien.

Ava est revenue me parler. Les vivants l'ignorent, mais les défunts assistent souvent à toutes les étapes du deuil des gens qu'ils aiment avant de s'en aller enfin quand ils vont mieux. L'effondrement, la reconstruction. Certains esprits sombres s'opposent, ils ensorcellent et empêchent celui qui reste de se relever, contrarient tout espoir, usent de stratégies et de maléfices pour entraver toute chance de revenir à la joie. N'est-ce pas, Joseph ?

D'autres, à l'inverse, accordent leur bénédiction à un nouveau départ et l'encouragent. Des morts sont aux premières loges et soufflent sur les braises pour qu'un nouveau feu jaillisse, que la vie reprenne le dessus sur la perte, la joie sur le chagrin, et que la paix revienne pour tout le monde.

Pour les vivants et les morts.

Ava aussi aimerait qu'il retourne au centre équestre et retrouve les rires des enfants différents, Paul, Ida, son monde, qu'il arrête de se sentir responsable. Elle tente à sa manière de le convaincre mais il ne l'entend pas.

Elle se heurte à l'incapacité de mon fils à se libérer complètement de leur lien, à lâcher prise avec le passé pour entièrement s'ouvrir à ce nouveau chapitre de sa vie.

Jusqu'où la loyauté nous lie à ceux qui ne sont plus ? Quel lien nous empêche de vivre quand l'autre est mort ? Que dit le temps du deuil ?

Ava aimerait qu'il rencontre une femme. Nous l'imaginons ensemble, jolie certes mais, au-delà de son apparence, autre chose, une manière d'être, une voix chaude et rassurante, une douceur, une façon de se déplacer dans l'espace avec grâce.

Je la vois. Si Alexandre pouvait seulement comprendre et entendre Ava… Elle ne lui souhaite pas autre chose. Il a le droit et le devoir d'aimer encore. Oui, renoncer à vivre ne rime à rien, sauf à passer à côté de la vie. C'est le rôle des vivants de continuer.

Si seulement Alexandre pouvait comprendre ça. Alors le jour se ferait sur sa nuit.

# 32

# Tony

Il a toujours été plus sensible qu'il ne le laissait paraître. Concentré sur le travail, focus sur ses missions. Monter en course, dresser les futurs cracks, les convoyer. Pour le reste, avec les humains : dilettante, distant, secret, inavouable, solitaire, mais pas dupe, en vrai, une éponge. Tony prend sa mission plus à cœur qu'il ne l'imaginait, et se surprend à se faufiler dans la ville, jamais loin d'Alexandre. Les jours défilent. Quelque chose a changé. Il le garde dans le viseur, le scrute, le suit, l'étudie tel un détective. Il le sent, il a l'impression de le connaître, qu'un lien l'unit à ce garçon foudroyé, effet miroir, peut-être, au fond. Au fil des journées passées en sa compagnie, Tony n'a plus beaucoup de doute sur la question. Ce type si loin de lui, à la vie si différente, lui ressemble. Même façon d'errer, de l'écurie à son travail, de rentrer chez lui sans rien bouffer, sans s'arrêter chez un ami. Faux jumeau, vrai frère.

Alexandre le touche un peu plus chaque jour. L'ancien jockey l'envisage désormais avec empathie, affection, et se met à croire que cette mission n'est plus si vaine, ou absurde, qu'elle prend sens, et que peut-être d'en haut des esprits l'ont protégé, au temps de l'enfance rugueuse, des coups de son père, des chutes mortelles en course, de la brutalité des hommes, de la violence.

Dans la furie de la ville, entre les milliers de gens qui fourmillent, il est le témoin oculaire de cette mer d'âmes perdues. Des vagues remplies de solitaires grondent dans un Paris saumâtre. Ils sont absorbés par leurs pensées, résignés, robotisés. De sa place, il se dit que toute cette absurdité doit cesser. Que peut-être la vie a un sens, après tout. Il se souvient que lorsque sa grand-mère est partie, il a éprouvé cette sensation qu'elle veillait sur lui d'en haut. Il en est sûr à présent. Reste une question : comment se signaler à Alexandre ?

Il cherche un moyen de se présenter à celui qui lui ressemble tant malgré leurs différences. Alexandre marche d'un bon pas, il slalome entre les voitures, et vérifie régulièrement son téléphone. Tony se concentre, tente de zoomer sur son ouaille, de scanner ses pensées, d'anticiper pour qu'une occasion se présente. Il passe en revue différents scénarios, se voit s'asseoir à ses côtés sur un banc ensoleillé et doucement entamer les présentations. Il s'imagine deviser avec lui et tranquillement parvenir à le sortir de la nasse, le convaincre de continuer de vivre.

Plus il observe Alexandre, plus il se reconnaît, plus il s'attache à lui, plus ses bras se tendent vers sa proie pour l'attraper et enfin lui parler. Alexandre marche vite, court presque, absorbé par son but. Tony le perd un court instant et le retrouve. Il lit désormais de mieux en mieux dans ses pensées. Il sent qu'il fuit, il comprend enfin que sa femme est morte, que cette histoire de fantôme ne suffira pas pour continuer à vivre, qu'Alexandre se décourage et que la réalité le foudroie.

Tout devient clair : Alexandre prend conscience qu'Ava ne reviendra jamais, que, même quand il prétend la voir, elle n'est plus, que c'est une histoire qu'il cherche à écrire pour se retenir de tomber, que ces branchages-là ne tiennent jamais bien longtemps, que la folie use et tue à la fin, parce que le spectre d'un amour se fige un jour et que le tombeau est fermé.

Alexandre est fatigué, découragé de croire à ses balivernes. Il s'accroche à l'image d'Ava, mais elle s'efface et disparaît un peu plus chaque jour. Il a beau se raconter l'inverse, il ne la voit presque plus en réalité. Alexandre se ment à lui-même, et c'est parce qu'il ne l'assume toujours pas qu'il a décidé d'en finir. Mourir à son tour plutôt que d'accepter. Alexandre entre dans la gare Montparnasse et se dirige vers les quais.

Personne ne prête attention à lui.

Un train pointe son nez. Il s'apprête à sauter.

La voix de son père l'accompagne :

— *N'est-il pas inélégant d'abandonner un monde qui s'est mis si volontiers au service de notre tristesse ? Crève enfin. Mon salaud.*

# 33

# Élisabeth

Impossible de me lever. Je suis restée couchée toute la journée, tant pis pour ma discipline et mon programme. Ni gym, ni marche, ni puzzle, rien. Même pas la force de bouquiner, ou d'allumer ma télévision. Seul Schubert m'a tenu compagnie. J'ai attendu que ça passe sans avoir la force d'avaler quoi que ce soit, ni même de penser. J'ai dormi une bonne partie de l'après-midi et quand j'ai enfin rouvert un œil, j'ai eu une vision. Un flash assez net.

Deux enfants. Un garçon, une fille. Hadrien et Éléonore. Oui, c'est comme ça qu'ils s'appelaient. Ils habitaient là. Je les revois tous les deux, main dans la main, au garde-à-vous, plantés devant moi dans cet appartement pas très grand, un salon, une cuisine, un petit couloir qui desservait deux chambres. Intérieur impeccable, joli, propre et sobre, poutres apparentes, parquet sombre, une paire de fauteuils, un canapé, une table pour les repas tous les trois, de hautes fenêtres pour laisser passer la lumière et c'est tout. Je vous l'assure, aucune trace d'une présence masculine.

J'ai pensé à une veuve, et puis non. J'ai pensé à une femme séparée. Je me suis dit : la séparation est une mort qui vous laisse en vie.

Je me suis reprise, et j'ai dit tant mieux. Tant mieux que celui qui vivait avec cette fille soit encore vivant. C'est mieux pour les enfants, d'avoir un père de ce monde. Évidemment que personne n'est mort. Séparée, c'est moderne et ordinaire, courageux aussi.

Je me suis posé la question : qui a quitté qui ? En me réveillant, en voyant ce décor et ces petits qui me fixaient avec leurs joues rondes, j'ai fini par me dire que c'était leur mère qui avait quitté leur père. Qu'est-ce que ça change, me direz-vous ? C'est un détail important pour moi parce que j'admire ces femmes.

Celles qui s'en vont quand elles n'en peuvent plus, quitte à sacrifier la raison, le confort et la prétendue sécurité. Où sont le confort et la sécurité hors l'amour ? Ces femmes qui ne restent pas, je les admire et les jalouse, elles sont celles que je n'ai jamais su être.

*C'était une autre époque.* Voilà ce que je me raconte. Tu parles ! Ça me rassure et c'est facile.

Mais non, la vérité, c'est que même à mon époque on pouvait partir quand on était malheureuse, il suffisait d'en avoir le courage et de ne pas se poser de question. Foncer. J'ai été tout l'inverse de ces filles d'aujourd'hui et je suis restée avec Joseph loin du meilleur et pour le pire. Bien sûr, je n'aurais pas dû.

J'aurais dû être courageuse moi aussi et sauver au moins Alexandre, lui épargner les raclées de son père, les coups, la domination, cet esclavage.

Une célibataire à enfants, c'est courageux sur le papier mais une femme seule… Mes rêves éperdus d'évasion me rattrapent, mes peurs toujours aussi à la fin.

Je vois ses enfants, mais je ne vois pas leur mère. Qui est-elle ? Qui est cette femme dans cet appartement ? Que me dirait-elle, si elle débarquait là, si elle arrivait pour l'heure du thé et me tenait compagnie ? Me dirait-elle la vérité sur sa vie ? Quels seraient ses mots ? Petit appartement, deux enfants d'une dizaine d'années, profession libérale peut-être, travaille et fait face, divorcée, battante, indépendante.

Non, ce n'est pas si triste, une femme seule, et puis c'est ce que je suis devenue. Une femme seule et parfaitement autonome qui, à l'hiver de sa vie, passe désormais sa journée dans son lit. Une vieille peau peut-être. Mais une vieille peau libérée.

Nous sommes toujours seuls.

Si c'était à refaire, j'inventerais la modernité.

Mais comment ai-je tenu avec cette peur encore plus grande que celle que nous fichait mon mari à la maison ? La peur de ce qu'on se raconte sur un hypothétique futur dont on ne sait rien est la pire. Elle est le fruit de notre imagination et de nos souvenirs, autant dire qu'elle repose sur du vide. Et pourtant elle peut nous dominer toute la vie.

J'aurais pu fuir. Je n'ai aucune excuse. Nous n'avons aucune excuse lorsque nous nous enterrons vivants pendant des décennies en mauvaise compagnie. C'est sûrement ce constat qui m'écrase et m'empêche des années après de me lever de ce lit trop grand : je n'ai pas su et j'ai failli. Je n'ai su ni sauver mon enfant ni me sauver.

J'aurais tant aimé être ce genre de femme, avoir le courage quand il était temps.

Mais qui est cette femme dans cet appartement ?

# 34

## Alexandre

— *Ça va, monsieur ? Il n'est pas passé loin de vous, ce train. J'ai eu une de ces peurs ! Il ne faut pas s'avancer sur le quai, c'est dangereux.*

— *Oui, pardon, je ne sais pas ce qui m'a pris…*

Il se réveille en sueur droit sur son lit, le cœur battant. Le crissement du train bourdonne dans ses oreilles. Il revoit la scène encore une fois ; il était persuadé d'avoir trouvé le courage de sauter et d'être mort écrasé par la première voiture du TGV. Mais non, au dernier moment, quelque chose l'a extrait, une force insoupçonnée l'a tiré vers l'arrière. Il pense instinct de survie, inconscient, miracle. Alexandre s'est retrouvé en équilibre les pieds sur le bord du quai avant de tomber en arrière juste à temps devant des usagers médusés. Le soleil dardait avant de disparaître, recouvert par un épais nuage blanc cassé. Il n'est pas réapparu de la journée.

Alexandre n'est pas allé travailler après ça et, encore tremblant, il a appelé la psychiatre. Au son de sa voix, Brigitte lui a proposé de passer. Il était toujours pâle quand il est arrivé. Il a trouvé qu'elle avait la main froide. Il s'est assis sur le divan. Il s'est même allongé. Il n'a pas eu la force de lui avouer qu'il avait voulu mourir juste avant et de lui raconter la scène sur le quai de la gare Montparnasse. Encore moins de lui dire pourquoi. Qu'il avait enfin compris pour Ava, qu'elle ne reviendrait jamais, que ce n'était pas une vie, cette mort, qu'elle avait gagné. Qu'il venait de l'admettre. Il lui fallait revivre désormais. Trois ans de sa vie, c'est long pour admettre une disparition.

Il n'a pas prononcé un mot, a juste souri à Brigitte. Elle a laissé le silence s'installer. Une montagne de non-dits bien épaisse s'est dressée, puis, juste après avoir jeté un œil sur sa montre, Brigitte s'est lancée :

— Oui ?

— Le bien-être n'a pas à être remis à demain ou aux cieux. J'ai pigé ça aujourd'hui.

— Et ?

— Rien.

— C'est un grand pas, Alexandre. Qu'est-ce que nous avons vu ensemble depuis le début de notre travail ? Toute expérience humaine est intégralement autocréée. Chacun de nous est l'auteur de ses pensées et de ses émotions. Il faut savoir s'arrêter de s'identifier à tout ce que l'on a accumulé par le passé et arrêter de croire que le futur sera ceci ou cela. Il n'existe pas. La seule chose que nous avons s'appelle le présent. Vivre, c'est prendre conscience de ce qu'on est à l'instant. Être humain, c'est pouvoir façonner les situations dans lesquelles on vit comme on veut les vivre. Pour façonner nos situations, il faut comprendre qui on est. Ensuite seulement on peut envisager d'être bien où nous sommes. C'est tout. Les gens ne savent pas qui ils sont. C'est pour ça qu'ils sont malheureux et courent après un hypothétique bonheur qui ne dépend jamais d'eux. Il est là, le piège. Visiblement vous en savez davantage, ce matin. Je pourrais vous dire bravo, mais vous allez le faire vous-même : félicitez-vous, Alexandre, et racontez-moi. Je vous écoute.

— Vous croyez que la vie est magique ?

— Pardon ?

— Est-ce que vous pensez qu'il y a de la magie dans la vie ?

— Oui, parfois, et même souvent. Quelle est la question ?

# 35

# Tony

Tu vois, gamin, je n'aurais jamais imaginé un truc pareil quand j'étais vivant. Même mort, on peut toujours être utile. Mais sur terre, on sert à quoi, alors ? Qu'est-ce que j'ai foutu ? C'est peut-être pour rattraper tout ce que j'ai foiré que je me retrouve à veiller sur cet Alexandre. Est-ce que je l'aurais calculé quand j'étais en vie ? Ou je me serais contenté de hausser les épaules devant un type pareil, sans chercher à comprendre l'origine de ses fêlures ? Que veux-tu, j'ai préféré m'intéresser aux chevaux blessés qu'aux humains fracassés, aux courses plutôt qu'à l'amour et à la famille. J'ai fui et j'en ai oublié d'être un père. Je me sens con pour tout ça, mais fier d'avoir réussi à sauver ce type dans cette gare. Je te jure, gamin, il allait sauter sur les rails. C'était moins une quand je l'ai tiré par le col et que je l'ai assis sur le cul.

Comment en arrive-t-on à vouloir se flinguer ? J'ai beau être passé à côté, j'aimais trop la vie. Pour vouloir se foutre sous un train, faut vraiment avoir le cerveau en marmelade et le désespoir au sommet.

Moi, j'ai aimé la vie, même si je l'ai maltraitée. Je ne me suis pas ménagé. Il n'y a qu'avec les chevaux, et surtout avec toi, que je me suis appliqué à lui rendre grâce. Et elle m'a répondu chaque fois qu'on était ensemble et que tu me comprenais. C'est con, c'est quand c'est fini qu'on pige.

Ça ne sert à rien, et on ne peut pas s'empêcher.

On est parfois déjà mort avant de se tuer.

Il était sous le choc, mais il m'a entendu quand je lui ai expliqué la situation et que je lui ai dit :

— Vis, Alexandre. Tu dois vivre. Les morts ne reviennent jamais comme avant et les attendre ne rime à rien. Redresse-toi, mon garçon. C'est maintenant !

Et j'ai filé voir Igor et la gosse.

# 36

# Alexandre

Il éprouve le besoin de marcher, d'errer sans but vers la Seine. Encore sous le choc de son expérience, Alexandre traverse la ville en tentant de ne penser à rien. Il choisit une playlist et, bercé par le piano de Chopin, longe les quais sans se préoccuper du monde autour, des regards croisés, de la valse des nuages au-dessus, de la pluie froide et du bruit. Au fil des pas, son cœur se desserre, et même son père se tait. Il a l'impression de sortir d'une brume. Autour de lui, le décor moins flou, les perspectives plus nettes le rassurent. Il arrive devant le restaurant guidé par l'instinct, et pousse la porte de L'Ancre. C'est vide, à peine éclairé. Le service du soir n'a pas débuté, le personnel dîne. Il s'assoit à sa table, celle qu'il occupe chaque fois, mais ne commande ni pour Ava ni pour l'enfant. Pour une fois, la première fois, il demande au serveur un thé, une feuille et un crayon, et pour encore une fois ne rien oublier, écrit.

« Il m'a dit qu'il s'appelait Tony. Qu'il était mort et qu'il veillait sur moi. Que je ne devais pas chercher à comprendre, que la seule chose que je lui devais après m'avoir empêché de sauter sur les rails était de me remettre en marche et d'avancer. À cheval ! En avant, calme et droit. Il m'a dit que ça valait la peine, qu'en honorant ma part du contrat vis-à-vis de l'existence je ferais du bien à ma femme, que je devais l'entendre, car en vérité, honorer la vie libère les défunts à jamais. C'est la seule solution pour qu'ils reposent en paix.

Et il a disparu. Enfin non, j'ai entendu sa voix s'éloigner et ces dernières explications :

— En restant pendu aux souvenirs de nos morts, on les étrangle et on les tue une seconde fois. Les morts attendent que les vivants les libèrent pour s'en aller. Les libérer, c'est les honorer ; penser à eux sans se morfondre, et pourquoi par leur parler, en célébrant ce que l'on a vécu, en les remerciant, pas en cherchant à tout prix à les retrouver. Accepter, c'est aussi aimer. C'est notre rôle. Arrête de vouloir voir

Ava à tout prix. Montre-toi à la hauteur. La laisser partir est la preuve ultime de l'amour. On va se revoir bientôt. En attendant, pense à tout ça et arrête de vouloir mourir, la vie est trop courte, Alexandre, pour se tuer. Crois-en mon expérience. Tu verras que même ton père arrêtera de te harceler. Et n'oublie pas de revenir monter. Dans une écurie, la nuit aide à voir clair. Tout est dans la tête. Après, le jour se fait. »

# 37

# Élisabeth

Tout est si confus… Pourquoi ai-je atterri dans ce lit d'hôpital ? Je pensais aller mieux. Attends… Tout est flou. Concentre-toi, Élisabeth, ne t'inquiète pas. Respire, voilà.

Prends ton temps, ma vieille. Cette nappe, cette fatigue. Je n'ai envie de rien. Voyons. La dernière chose dont je me souviens, c'est qu'Alexandre est arrivé et qu'il m'a parlé. Pour me dire quoi ? Alors là… Et puis j'ai vaguement ouvert un œil dans l'ambulance. J'étais bien entourée : trois beaux gaillards en blouse blanche. La voiture roulait vite, la sirène me cassait les oreilles et c'est tout… Ah si, voilà, ça me revient ! C'était le soir. Oui, c'est ça, il était tard, un brouillard épais encerclait la résidence, je terminais mon puzzle en écoutant Schubert. Je n'avais aucun appétit, mais j'allais mieux. J'avais même décidé de mettre mon réveil le lendemain matin pour mes exercices et me remuer enfin. J'ai senti quelque chose de chaud, de très chaud m'envelopper, et puis une présence. D'abord, je me suis dit : quel bon vent l'amène ? Mais ce n'était pas Ava. C'était lui, c'était Joseph. Ça m'a fichu un coup. Un sacré coup même.

Comment osait-il ? Comment mon mari pouvait-il se pointer chez moi, alors que j'ai toujours refusé d'entrer en communication avec lui ?

Je me sens très fatiguée. Cet hôpital n'est pas très gai, la nourriture est infecte mais le personnel est gentil. L'infirmière est aux petits soins… Ah, ça me revient.

D'abord, il n'a pas prononcé un mot. Je me suis figée et j'ai allumé ma bougie fétiche pour me rassurer. Elle s'est tout de suite éteinte. Je l'ai interpellé ; je lui ai demandé à quoi il jouait et j'ai rallumé la mèche. Elle s'est éteinte à nouveau. J'ai eu du mal à reprendre mon souffle. J'ai attendu sans ouvrir la bouche.

Oui, c'est ça. Tout devient clair à présent. Ce silence.

J'ai serré les dents. J'ai pensé à Alexandre, à Ava, et j'ai prié pour que quelqu'un arrive. Il ne s'est rien passé, sauf cette chaleur étouffante, oppressante, cette impression de gouffre sous mes pieds aussi. Je me suis levée pour ouvrir la fenêtre ; impossible, aucune force, j'étais vidée. Tout le poids de sa présence m'a obligée à me rasseoir, je n'ai pas pu lutter. J'ai crié son nom. Je lui ai dit d'arrêter, de partir tout de suite, qu'il n'avait pas le droit d'être là, qu'on s'était tout dit, qu'il en avait déjà trop fait. Et ça m'a piquée au vif.

Que nous étions-nous dit pendant toutes ces années ? Rien ! Absolument rien ! Je n'ai jamais su trouver les mots et encore moins osé l'affronter en cinquante ans.

Je suis sortie de moi, dissociée, et j'ai assisté à toute la scène, ce règlement de comptes entre lui et moi, face à face autour de la petite table, dans la cuisine. Moi en haut et cet autre moi, cette Élisabeth que je ne connaissais pas, face au monstre.

Ça me revient, c'est exactement ça. Une force insoupçonnée m'a submergée, un tsunami, et tout enfin a pu sortir. Joseph, malgré toute sa morgue, n'a pas pu m'interrompre. C'était quoi, déjà ? Ah oui, voilà. Tout est bien en place à présent. J'ai beaucoup crié en lui intimant l'ordre de foutre le camp, et avant de partir, puisqu'il s'était invité chez moi qui n'était pas et ne serait jamais chez nous, il devait enfin m'entendre. Depuis le temps que j'attendais ce moment !

Je lui ai dit combien je regrettais nos dernières années, et même plus que les dernières, d'avoir partagé ma vie et de l'avoir perdue avec lui.

J'ai ajouté que je me trouvais si lâche de ne pas avoir osé lui dire non de son vivant, de ne pas avoir eu le courage de m'opposer à lui, de claquer la porte et de partir le plus loin possible dès les premiers mots, les premiers coups portés sur notre enfant.

Je lui ai balancé que je demandais le divorce à titre posthume, qu'enfin débarrassée de lui je m'épuisais à me pardonner d'avoir été sa femme. Cette femme ! Quelle mère peut accepter ce qu'il a fait subir à notre enfant ?

Tout est d'abord sorti par flots, puis les mots ont giclé dans la pièce en geyser et, dans la fournaise, je lui ai ordonné d'arrêter. D'arrêter de torturer notre fils, d'être encore ce salaud de père culpabilisateur, de se servir de notre tragédie pour continuer dans les limbes à soumettre Alexandre, de le rendre fou. Après la violence inadmissible des coups, celle des mots n'avait désormais plus sa place. C'était inutile qu'il nie. Je connaissais la situation, Alexandre m'avait tout raconté sur ses saillies vénéneuses, ce fiel lancé à l'improviste dès qu'il remontait la pente. Cette fange à son image. Oui, j'ai hurlé à mon mari d'arrêter, que ses sorties étaient vaines, qu'elles se retournaient contre lui désormais.

Je me suis calmée, et avec fermeté et clarté je lui ai dit qu'Alexandre avait enfin le droit de vivre et que mieux, il était sur le point d'y parvenir.

Alexandre était sur le chemin de la paix, et même du bonheur à nouveau. La cruauté ne pouvait rien y faire, la sienne encore moins. Son fils se détachait de son ombre. Parce que, oui, la vie est toujours plus forte que la mort à la fin. Ava était bien d'accord avec moi. Mon fils allait s'en sortir et ses humiliations étaient vaines.

Et puis j'ai ajouté que si, à quatre-vingts ans, il était déjà bien tard pour moi, ce n'était jamais *trop* tard. Jamais. J'avais fini par retrouver ma liberté, mon cœur de femme, et même par être heureuse. Si même moi, la vieille, la faible et la grande coresponsable de ce massacre conjugal, j'avais été capable de me redresser contre l'obscurité, Alexandre y parviendrait, c'était certain.

— Aucun pardon ne te sera jamais accordé de ma part, Joseph. De toi je ne garderai qu'un temple de regrets. Je me pardonne d'avoir été si faible et je me libère de toi. Entends et comprends-le ! Je me libère de toi et notre enfant aussi. Pars et ne reviens plus.

Il y a eu un grand courant d'air frais, on aurait dit que le vent se levait dans cet appartement et ma bougie s'est allumée. C'est à ce moment-là que j'ai perdu l'équilibre et que je suis tombée.

# 38

## Alexandre

Pour une fois, il a bien dormi. Un sommeil de plomb, moment de délice inédit pas croisé depuis si longtemps. Trois ans. À la fenêtre, le soleil sur ses jambes perce à travers les rideaux et indique à Alexandre qu'il a très clairement passé l'heure et raté son rendez-vous à l'écurie. Un message de Sophie l'attend sur son téléphone. Il compose son numéro.

Elle décroche à la première sonnerie.

— Ben alors, on t'attendait.

— Pardonne-moi, j'ai eu un problème avec ma mère et j'ai dû l'accompagner à l'hôpital. Je n'ai pas entendu mon réveil.

— Navrée pour ta maman. J'espère que ce n'est pas grave.

— Non, ça va, juste un léger malaise. Mais vraiment désolé.

— Arrête d'être désolé et arrive, si tu veux, tu pourras monter le dernier lot.

— Sûr ?

— Certaine.

— OK, je file sous la douche et je décolle, je passerai voir ma mère juste après.

— Parfait.

C'est la première fois qu'il traverse la ville en plein jour pour retrouver les pur-sang. Et forcément les sensations sur le trajet diffèrent. La circulation dense, les furies de la ville éveillée, l'absence de civisme, le bruit, tout révoque l'impression de solitude, annihile la sensation de bascule dans un autre monde, l'idée même de disparition, de fugue et de mystère. L'ordinaire des embouteillages le ramène au réel et le cloue au monde des vivants.

Son père ne lui parle pas du trajet.

Quand il passe au rond-point devant le château de Maisons-Laffitte, il n'y pense pas.

Sa mère occupe tout son esprit.

Il a bien dormi pourtant, mais ce matin il est inquiet pour elle. À l'hôpital, personne ne décroche dans sa chambre.

Il était en train de se coucher quand c'est arrivé. Il a tout de suite su qu'il se passait quelque chose. Elle n'a pas répondu à son premier SMS, ni au second, ni décroché quand il s'est décidé à l'appeler pour vérifier que tout allait bien. Alexandre a bondi de son lit, sans se poser de question, il s'est rhabillé et a foncé chez elle, guidé par la certitude, une force insoupçonnée.

Dans sa voiture, à aucun moment Ava et son père… Les fantômes l'ont laissé en paix. Seule une sorte de lucidité l'a conduit vers sa mère, quelque chose d'impérieux et de nouveau. En fonçant vers chez elle, il était calme et serein, aucune peur pour l'éventrer, aucun souvenir du passé, juste l'élan et, par intermittence, les rires des enfants différents qui l'encourageaient.

Une tortue sur le dos. Elle était au sol quand il l'a découverte. Un bref instant, il a cru qu'elle était morte. Il s'est approché de son corps au pied de la table de la cuisine et il a senti son souffle. Boxeur sur le ring après le combat de sa vie, Élisabeth semblait récupérer.

Il a appelé le Samu, une ambulance est arrivée en dix minutes. Quand le médecin s'est avancé dans l'entrée, mère et fils se tenaient la main. Elle avait bien repris ses esprits. Elle a fait signe à Alexandre de se pencher vers elle, et dans le creux de son oreille a murmuré à son fils :

— Ton père ne cherchera plus à te tuer. Il est mort pour de bon ce soir.

Et elle a serré ses mains dans la sienne.

*

Sophie hausse le ton. Un lad encaisse un savon à propos de soins mal prodigués, d'un travail bâclé sur les pistes. Dans une écurie, l'exigence épuise toujours les troupes, mais dans les courses c'est la ligne de conduite à tenir lorsqu'on prétend briller sur un hippodrome. Dans ce monde-là, les circonstances atténuantes n'ont guère leur place. Un entraîneur demande le meilleur à son personnel. Le moindre relâchement se paie cash. La victoire est une chaîne, un seul maillon manquant et c'est la défaite, voire une tragédie. Un cheval mal soigné le matin, entraîné à la va-vite, donnera moins l'après-midi sur un champ de courses. C'est son cœur qu'il doit vouloir offrir dans la lutte, son cœur et ses tripes sans conditions. Pour se dépasser, un crack a besoin du courage de ceux qui l'entourent.

La nervosité est palpable. L'écurie est en ébullition. Le soleil se planque. Et Sophie se tait. Alexandre arrive en souriant.

Elle tente de masquer son énervement.

— Ton cheval t'attend. Le gris. On part dans dix minutes. Va vite le préparer.

Le ciel se couvre et dans un rire nerveux hisse le drapeau noir.

Le groupe s'élance vers la piste de sable.

Le dernier lot est réservé aux poulains. Le canter des autres écuries claque. Le groupe s'agite. Plus expérimenté, le cheval d'Alexandre reste de marbre dans l'ébullition, les oreilles vers l'avant. Depuis le début du parcours, sa mère occupe son esprit. Les ruades des jeunes l'ont réveillé. Il respire pour se reprendre et se reconnecter ; les minutes qui s'annoncent appellent à être vigilant, chacun s'emploie à calmer son partenaire.

La troupe s'engage sur la piste au trot, puis déjà pleine d'écume à cause de la nervosité, passe au galop. Le vent se lève et avec lui une pluie épaisse tombe. Les cavaliers sont surpris par le grondement du ciel. Un grondement claque ; ce n'est pourtant pas la saison des orages. Au loin, fait rarissime, un avion de chasse vient de passer le mur du son. Le coup de tonnerre fouette la cime des arbres autour, inquiète encore plus les pur-sang. Ils s'élancent dans une ligne, les uns derrière les autres, affolés. Cette fois, Alexandre ferme la marche du peloton déjà à vive allure. Il essaie de se concentrer. Pas de signe d'Ava, ou de la voix de son père. Les chevaux se débattent et veulent accélérer. Ils montent en pression. Celui d'Alexandre perd son flegme à son tour et tire sur les rênes. Les bras de l'amateur souffrent dans ce duel inégal.

Alexandre se revoit à son chevet assis sur ce lit d'hôpital. Mille images de sa mère s'imposent sur le noir de la piste et lui sautent au visage. Ce kaléidoscope dit la force et la puissance du lien entre une mère et son fils. Élisabeth, ses silences et sa résignation face au monstre, son manque de protection et son amour, leur complicité malgré tout, ses baisers du soir, elle assise sur son lit racontant une histoire, la main dans ses cheveux, dans la cuisine pour le petit-déjeuner, sa voix quand il rentre de l'école, les devoirs, elle et lui en route vers le centre équestre, son air triste au volant et ce sourire forcé dans le rétroviseur, ensemble au marché, le panier de fruits et légumes qui débordent, les repas du soir, toute la famille, sa mère : le devoir en dépit de la peur.

Dans la furie du galop, il repense à ses silences et à leurs regards complices, Élisabeth à son chevet sur son lit d'hôpital, ses larmes de joie le jour de son mariage, son odeur, la douceur de sa main sur sa joue d'enfant. L'amour et la violence.

Le groupe accélère. C'est nouveau pour lui, cette vitesse qui l'oblige à puiser dans ses forces.

Tous les chevaux tirent à présent. Le sien blanchit d'écume à son tour et cherche à dépasser les autres. Les bras d'Alexandre s'ankylosent ; ses jambes tremblent, son corps fatigue et la piste semble ne jamais finir. Alexandre suffoque, perd le contrôle ; il ne tient plus l'animal qui fonce maintenant à un train d'enfer. Il entend une voix :

— *Qu'est-ce que tu fous à tirer sur les rênes ? Pose tes mains, tiens-le, respire ou tu vas vraiment t'asphyxier.*

Il reconnaît le ton de celui qui lui a parlé à la gare quand il a tenté de sauter sur le quai. Mais c'est déjà trop tard. Alexandre ne tient plus. Il a perdu la partie, l'équilibre, et s'écroule lourdement sur le sol sans que personne s'en aperçoive. Son cheval continue son galop sans lui.

La tête dans le sable, Alexandre est sonné, quand la voix de Tony revient lui parler.

*— Eh ben mon gars, elle est belle, celle-là ! Allez, relève-toi, c'est le métier qui rentre. Alexandre ! Bouge de là. J'ai encore des choses à te dire.*

*

La pluie qui cogne, la boue sur la figure, le sable partout, le vent.

La vue se trouble, l'humiliation, tête basse. Alexandre est secoué, vexé, et la voix de Tony se fait nette. Il en convient, il en a pris une belle. Il prend son temps, attend, murmure. Toujours cette injonction, respirer, reprendre son souffle, calmer son esprit. Le groupe est à peine un point noir au fond de la piste et disparaît. Ils sont seuls.

Tony enchaîne. Le moindre coup de vent et c'est la débâcle ; de son temps, c'était différent, on ne s'en laissait pas conter. Il le reconnaît, ça fait vieux con d'affirmer ça, ancien combattant du moins. Mais Tony insiste dans un éclat de rire : les carnes, on savait les tenir à l'époque et personne ne bronchait à la première averse. Alexandre ne dit rien et relève un peu la tête, il s'enfonce dans le sable, marche lourdement, trempé, du sable au coin des lèvres. Tony l'admet, il a pris cher.

Alexandre rit. Un rire qui libère et lui permet de reprendre son souffle. Tony lui décrypte les raisons de cette chute. Son cheval a senti qu'il avait une ouverture pour le déborder et doubler ; les pur-sang, encore plus que les autres, nous reniflent dans nos moindres soupirs et profitent de la plus petite faille pour s'y immiscer. Son cheval a fini par la lui faire à l'envers, les trois huit dans la boîte à Kinder, tarif C grande banlieue ! Ne jamais faire douter un animal. Sur un pur-sang, le pouvoir ne se partage pas, sinon c'est l'accident. Plus de peur que de mal quand même. Qu'est-ce qu'un bleu sur le cul et quelques courbatures ? Le métier qui rentre. Il lui prescrit un bain chaud, une tisane et au lit.

Alexandre avance, suit la piste, la longe sur le bas-côté, seul, vent de face. Il écoute cette voix sans voir autour la nature battue par les rafales, les arbres ruisselants, le ciel sombre qui pâlit en attendant l'accalmie. Son esprit se vide. La voix de Tony prend toute la place à présent. L'écho de l'au-delà le transperce.

Tony se présente, il lui déroule les grandes lignes de sa vie. Les courses, les accidents ; la reconversion, sa vie en camion, son lézard, le jour de sa mort.

Alexandre comprend le lien entre Tony et l'histoire du camion, la tragédie à laquelle l'écurie a été confrontée la première fois qu'il est venu monter. Il revoit les visages graves, Sophie abattue au moment de l'annonce. La voix de Tony se fait plus pressante. Alexandre a l'habitude d'entendre les morts, enfin son père, mais celui qui lui parle désormais ne l'insulte pas. Aucun piège : celui qui parle au bord de la forêt détrempée veut son bien.

Le murmure de Tony évoque la vie, cette sacrée chance à saisir qui peut s'arrêter brutalement. Tant que nous sommes toujours en état, mieux vaut vite libérer les fantômes. À force de chercher ses défunts, de tenter en vain de les retenir encore un peu, on passe à côté de sa route.

Les morts ne reviennent jamais, seulement parfois murmurent-ils pour enseigner et demander aux vivants d'avancer. Ça n'empêche pas d'honorer leur mémoire, au contraire. Vivre est l'hommage ultime aux défunts.

Alexandre ne répond pas. Tony continue, sur le même ton, chaud, direct. La vie, à la fin, est plus forte que la mort. Il convient de remonter sur son dos lorsqu'on en est descendu et que le cœur bat toujours, parce qu'elle le mérite, que la vie est une fille bien, qu'on ne peut pas la plaquer au nom d'un passé qui n'est plus. Les morts attendent ça pour partir en paix, voir les vivants continuer. Tony l'a frôlée plus d'une fois avant de finir dans ses bras sur la route. Il peut en témoigner et c'est pour ça qu'il lui parle. Tony a passé sa vie à lui chercher des noises, à cette vie, jusqu'à passer à côté sans aucun lot de consolation. Il se tait, se reprend, et évoque la violence, les coups de son père. Il lui confie qu'il a reconnu l'enfant tabassé et ce foutu besoin d'exister dans le regard des autres, d'être accepté, quitte à se laisser dévorer par la puissance destructrice de l'ego et perdre confiance.

Il lui parle de sa fille, de cette petite Marie qu'il n'a pas vue grandir, de sa peur viscérale de l'amour, du temps qui nous échappe et ne revient jamais.

— *Et forcément, il était trop tard quand j'ai compris.*

Trop tard pour retrouver l'essentiel, cette fichue joie d'être au monde, d'être un bon père par exemple, d'aimer sans en avoir une peur bleue.

Tony enchaîne : si Alexandre ne veut pas se réveiller comme lui un matin à cru sur le dos des regrets, il a intérêt à passer la marche avant et à en profiter. Vivre, ce n'est pas oublier ceux qu'on a aimés, mais la plus belle façon de respecter ceux qui ont quitté la piste avant nous et auraient bien aimé continuer encore un peu leur chemin. Se tuer à petit feu dans la douleur ne fait pas revenir l'amour, mais l'anéantit pour de bon. Personne n'est gagnant. Sans oublier la folie qui démolit tout quand on lui ouvre la porte en chérissant ses fantômes sans prendre soin des vivants. Tony se répète. Alexandre doit l'entendre et y réfléchir. Ava n'attend rien d'autre de lui désormais : qu'il vive.

Et la vie commence aujourd'hui. Il le vérifiera par lui-même quand il aura compris, qu'il aura traversé enfin la nuit des pur-sang.

Alors il sera libéré et même son père ne viendra plus jamais l'importuner.

— *Quand on galope à fond dans la vie, les voix ne peuvent plus nous poursuivre, elles se perdent.*

*

Personne ne dit rien pour ne pas en rajouter. Et c'est dans un silence bienveillant qu'Alexandre réapparaît à l'écurie, désolé et honteux de ne pas avoir su retenir son cheval. Il croise le rire affectueux de Sophie, qui en un geste d'apaisement lui fait comprendre qu'elle ne lui en veut pas. Son cheval est rentré directement dans son box sans une égratignure. Elle s'assure qu'il n'est pas trop sonné. Victoire lui tend un café et le gratifie d'un :

— La prochaine fois, pense à bien respirer, c'est la clé à cheval. Si tu respires, tu t'oxygènes ; sans oxygène, tu tombes. C'est simple. Les chevaux de course appellent à beaucoup d'humilité.

Il repart juste après, sans s'attarder, tête basse et déjà bien courbaturé. Reconnaissant aussi.

Alexandre est moins marqué par sa chute que par ce qu'il a entendu. Les paroles de Tony résonnent encore dans son esprit et l'occupent.

« Se tuer à petit feu dans la douleur ne fait pas revenir l'amour, mais l'anéantit pour de bon... Quand on galope à fond dans la vie, les voix ne peuvent plus nous poursuivre, elles se perdent. »

Tony lui a fait oublier le poids écrasant qui pesait sur ses épaules depuis si longtemps. C'est tout le paradoxe de cette chute : en tombant, Alexandre a eu l'impression de se relever. Dans sa voiture, les mots de l'ancien jockey continuent leur travail. Son ventre le brûle, quelque chose sort de lui, un flow, une rage rentrée. En pénétrant dans le tunnel de la Défense, Alexandre pousse un râle animal, un cri dans le boyau de béton, et respire. Respire profondément dans le noir.

Dans le rétroviseur, il aperçoit Ava. Elle lui sourit puis lui tourne le dos.

# 39

## Élisabeth

Je dors toute la journée, j'écrase, et c'est dans un flottement cotonneux à cause des médicaments que je trouve encore la force d'être gaie. Même si mes pensées s'embrouillent, et que je suis incapable de me lever sans l'aide d'une infirmière, j'éprouve un puissant bonheur. Ava est venue à mon chevet. Elle m'a dit qu'Alexandre avait pris une sacrée gamelle, mais que Tony avait saisi l'occasion pour lui remettre les idées en place. On dirait que ses mots ont eu l'effet d'un électrochoc et l'ont remis en selle.

Cela m'a beaucoup intriguée, et amusée d'imaginer la scène. Puis Ava s'est tue. Je lui ai demandé si elle m'avait tout dit. Elle a repris la parole, un court instant, juste pour me murmurer qu'elle était parvenue à parler à Alexandre dans son sommeil. Elle a eu l'air émue en me confiant ce secret. Elle ne m'en a pas dit plus.

Elle a voulu que je me repose, que je récupère, et en partant m'a encouragée à avoir confiance.

Si cette conversation a pu aider la vie à reprendre le dessus, j'aurai gagné. J'y crois et je l'espère. Je l'espère de tout cœur en rangeant ma bougie dans sa boîte. À moins que je n'aie rêvé toute cette scène… Tony, Ava. Je ne sais plus très bien où je suis, vous voyez ? Ni même pourquoi je suis là. La lumière au-dessus de mon lit m'aveugle. Par la fenêtre, dehors, il fait bien noir, si noir, c'est beau.

J'improvise une petite prière. Je ne sais pas si je vous l'ai déjà dit, peut-être que je radote, je suis désolée, mais j'aime bien les églises, elles m'ont beaucoup réconfortée dans tout ça.

— Mes enfants, que vous soyez morts ou vivants, devenez, rayonnez, n'abandonnez jamais la lumière pour le désespoir.

Peut-être que mon heure est venue, peut-être est-ce déjà mon tour ? C'est passé si vite, cette vie. Au moins j'aurai pris le temps de tenir ma parole, je serai allée jusqu'au bout de mon rêve, j'aurai terminé ma mission. Il ne me manque que lui près de moi. Alexandre. J'aimerais tant que mon fils soit là pour me tenir la main, en m'offrant une dernière fois son air doux, juste pour être bien sûre qu'il est de retour parmi nous. Nous, les vivants imparfaits, avons besoin de le savoir heureux pour mourir en paix.

C'est la vie.

*Trois mois plus tard*

# 40

## Alexandre

J'aime ce petit balcon, regarder par-dessus et continuer à arroser ses plantes. Je me suis mis à sa table, face au puzzle, les *Nymphéas* de Monet, 20 000 pièces, infaisable. Pas pour ma mère. Élisabeth savait s'y prendre avec l'impressionnisme et arrivait toujours à ses fins, recommençait pour tuer le temps. C'est si étrange de parler d'elle au passé. J'ai pris la décision de m'installer chez elle un peu et d'y dormir le soir, le temps de comprendre et d'admettre. Perdre sa mère, c'est aussi se noyer dans un océan de souvenirs. Elle n'aurait pas aimé cette idée. Elle s'est battue à la fin pour ma vie, alors j'ai décidé de lui rendre ce qu'elle m'a donné en allant de l'avant. Bien sûr que je suis triste, mais je souris en tournant dans ce petit appartement, en foulant pieds nus sa dernière terre. J'ai l'impression d'être en paix à présent et je l'imagine, astre lointain, là-haut, si loin mais si proche de moi, à bonne distance. J'en ai terminé avec les fantômes. C'est ce qu'elle aurait voulu, je le sais. Je veux lui faire honneur et j'opte quand je le peux pour des marches sur ses traces. Je refais son parcours en lui disant merci. Peut-être qu'elle m'entend, peut-être pas. Qui sait ?

J'ai quelques semaines pour mettre de l'ordre dans ses affaires, trier, ranger, déménager, vendre l'appartement. Ou le garder. Je verrai. Je descends, lève le nez vers le balcon vide et j'avance vers le cimetière. Devant sa tombe, je pense à toutes les fois où elle m'a proposé de l'accompagner dans les allées du souvenir et à toutes celles où je l'ai laissée seule se rappeler nos morts, prier pour eux, tandis qu'ils m'envahissaient.

Je vais mieux, et, sous les grands arbres au-dessus qui veillent sur elle et montent la garde, je ressens sa douceur, et c'est tout.

Où est-elle ? Que fait-elle ? A-t-elle retrouvé Ava ? Et Tony ? Sont-ils ensemble ? Ces questions me traversent et puis elles passent. J'accepte de ne pas avoir toutes les réponses à présent. Je sors d'un très long sommeil et, de retour sur terre, je prends mon temps pour me redresser.

Je ne suis pas retourné à l'écurie depuis la mort de ma mère. Je compte y repasser bientôt, embrasser Sophie et revoir les autres. Remonter ? Oui. J'ai hâte de me lancer à nouveau sur les pistes, de retrouver ces sensations et de progresser.

En attendant, j'ai envoyé un message à Brigitte pour lui annoncer la nouvelle. J'ai réussi. J'ai réussi à revenir au centre équestre peu de temps après l'enterrement.

Dans le cœur moelleux du printemps.

J'ai retrouvé mon monde, avec l'impression de l'avoir quitté la veille.

Là-bas, rien n'a vraiment changé en trois ans, à part quelques visages.

Ni les rires des enfants différents, ni la bonté de leurs animateurs, ni Paul, ni Ida, et j'ai rencontré Mina.

La cousine d'Ida est orthophoniste. Elle était là pour voir, comprendre et repérer avant d'organiser peut-être une visite avec ses jeunes patients.

Elle ignore tout du pouvoir des chevaux, mais Ida a fini par la convaincre au téléphone d'au moins venir le constater.

Quand je suis arrivé, elle racontait avec fougue son cabinet, sa clientèle qui déborde de sa salle d'attente, son incapacité à dire non à la détresse des parents, cette folie d'accepter de rentrer de nouveaux patients au chausse-pied dans un agenda déjà plein à craquer.

Elle disait aimer travailler avec eux, ressusciter le langage, les aider à revenir au monde, reprendre les grandes notions, rééduquer par tous les moyens les blessés et les laissés-pour-compte des mots, les grands brûlés de la parole et des émotions.

Quand je me suis avancé vers elle au moment des présentations, j'aurais pu jurer qu'ils m'observaient. Ava, ma mère, Tony.

Mina m'a tendu la main, je suis revenu à moi, deux yeux noirs au zénith ont plongé dans les miens et je me suis retrouvé embarqué.

Son aura, sa présence, son maintien, le rouge de ses lèvres, sa manière de nouer ses cheveux, ses jambes et leurs sacrilèges, sa voix. Son parfum s'est posé sur ma joue.

Son timbre doux, chaud et rassurant, sa faculté d'enrober les mots, ce calme, cette douceur.

J'ai tout de suite compris qu'à ses côtés, les routes se dégageraient, les mers s'apaiseraient, le vent tomberait et le soleil demeurerait.

Elle a semblé deviner jusque dans mes silences.

Je me suis senti démasqué.

Mina a ce pouvoir et cette force.

*

Ils sont trois. Mina a donné rendez-vous aux enfants à son cabinet ; les siens, Hadrien et Éléonore, passent le week-end chez leur père. Dans la voiture, je l'écoute leur parler. À l'arrière, les petits sont sages et ravis d'aller voir, inquiets aussi de faire leurs premiers pas à cheval. La route est bordée d'arbres hauts sous un ciel libéré. Mina leur dit de me poser des questions ; je leur réponds de ne pas s'inquiéter, qu'ils sauront être gentils, qu'ils le sont avec d'autres enfants bien plus fragiles.

Quand nous arrivons au centre équestre, Paul et Ida lancent les préparatifs. Je montre à Mina le matériel, sort un seau avec les brosses, les étrilles et les cure-pieds, et enseigne l'art du pansage, fier d'être ici avec elle, ému d'être là.

Les enfants s'y mettent, et nous brossons dans un nuage de poussière et de rires.

Alors que nous conduisons la cavalerie dans la cour, un camion klaxonne.

Ida et Paul courent vers lui. Le chauffeur sort et ouvre le van. Un cheval hennit et en sort ivre de fierté. Ida le récupère et l'emmène vers un box à l'écart des autres. Le camion repart à vide aussitôt.

Nous mettons les enfants à cheval et prenons la direction des bois en les tenant à la longe pour leur première fois. Derrière nous, Mina prend des photos. L'appréhension se dissipe et laisse vite la place aux premiers commentaires. Sur le chemin, un puits de lumière strie les arbres et découpe nos silhouettes. Les rires des enfants tonnent vers le cœur de la forêt. Intriguée par la puissance du hennissement, Mina interroge Paul. Qui est cet animal qui vient de débarquer du camion ?

— C'est un ancien crack des courses devenu étalon. Il est magnifique, et son palmarès… Après la saison des montes, il vient se reposer chez nous. C'est l'oncle d'Ida qui est propriétaire du haras où il est installé. Nous mettons à sa disposition un box et un pré pour qu'il récupère. Les chevaux ont besoin de vacances, surtout ceux-là. On ne peut juste pas le mettre avec les autres. Les entiers peuvent avoir des comportements inappropriés, même si, avec lui, ça ne risque pas grand-chose, il est vraiment gentil.

# Cinquième partie

— C'est un peu un enfant différent.
— Ah ah… Si vous voulez.
— Et comment s'appelle-t-il ?
— Magnolia.

# 41

## Tony

La nuit tombe sur le centre équestre. Alexandre a déposé les enfants et Mina, avant de repartir chez sa mère pour continuer à trier et ranger ses affaires.

Les chevaux patientent dans leur box dans un demi-sommeil. Certains veillent à la porte sous l'arche sombre du soir éclairé par la lune ronde et pleine. Leurs ombres dessinent vers les arbres des calligraphies surprenantes qui grimpent, pareilles à des lianes, et tatouent les feuillages. Les oreilles dressées, Magnolia est immobile devant sa mangeoire.

— Là, gamin, tranquille, c'est bien. Dis donc, ta maison de vacances, c'est du cinq étoiles, mon bonhomme. Calme, gamin, c'est moi. Là, tout doux, c'est ton Tony. Voilà vieux frère, je suis venu te dire adieu.

Je vais pouvoir y aller maintenant.

Cet ouvrage a été mis en pages par

<pixellence>

Imprimé en France par CPI
en février 2023

Dépôt légal : mars 2023
N° d'édition : 551196-0
N° d'impression : 173595